四国遍路　あわのみち

思潮社

四国遍路 あわのみち

中地中

思潮社

目次

2　里山

3　海に

Ⅱ章　風説

1　へんろ転がし

まえがき

幼少の頃、四国遍路を巡ったと聞かされた。生をうけた地を歩いてみたい。幼少の精神を育んだ地に、今は亡き家族との思いに浸りたい。錯綜する気持ちは高揚し、四国の辺土を歩いて巡るべく阿波に入った。

『あわのみち』は阿波二十三ヶ寺を点として、遍路のほそみちを線として、遍路の存在空間を面とする三重奏として編んでみました。

点と線と面の舞台で交差する人間の様々な生意、深層に脈々と潜んで重奏する宗教の重さ、そして古層に沈んでいる遍路の錯綜する思い、さらには浄土を切望した熱い欣求の思いなどを、言葉に写し得たいという願いを込めました。

へんろみちのへんろとは、辺土、辺路、そして遍路と変遷しました。遍路として定着したのは江戸時代の元禄あたりからと言われています。この『あわのみち』ではへんろを遍路と限定せず、中世を含め幅広くとらえたいと意識しました。

へんろみちの道とは、道は道であって道ではない。遍路として定着する以前は、辺土を歩いた修験者などの行者は、四国の道を修業する場と課しました。遍路の大衆化に伴って、先祖供養をはじめとした様々な供養、明日なき病人が病気平癒の願いを込めて、あるいは生活苦から口減らしのために乞食となり、生きる場所を求めて遍路となった。このように遍路の動機は多種多様な様相があり、一様に遍路として捉えられないものがあると感じました。

他方、大自然の広がりと時空に心身をおくことで、何かを感受したいと願う者、さらに欠乏した何かを掴みたいと希求する者には、道とは生けるものの人生そのものを写実している側面があると思いました。

へんろにはコムニタスが宿っていると思います。点には宗教が積もり、線には急峻な道が世俗の構造からの縛りを解放し、面には自然が溢れてユートピアに誘い込む。遍路はすべての人間を一時的にしろ全開放する仕組みが内在していて、人々を魅了するのではないかと思います。

以上の様々な思いを動機にして詩作を試みました。遍路の香りには、広大で悠大で底なし沼でそれでいて哀切感が漂っています。さらには一人一人の多様な人生の振り返りと、死の準備のための道標が道端に転がっていると感じました。

コムニタスとは、構造とは正反対の世界で、世俗の地位や役割を脱ぎ捨て、裸の人間同士が直接的に触れあう世界。この世界では、なにものにも分解されず粉飾されず、全体性を確保できる。『儀礼の過程』ヴィクター・ターナー富倉光雄訳　筑摩書房　二一二～二一四頁及び『巡礼』聖と俗の現象学　星野英紀　講談社現代新書　九五頁

Ⅰ章　あわのみち

1　辺土へ

へんろ

時世は生々流転を彩り
大河の流れに終生をたくすもの
白濁の泡となりくだりくる
いかな地にさ迷いゆくのか

ゆるやかな流れで我を知り
急な流れに我を乗せて
静かなる流れに我を脱する
時空をこえて絶えまなく流れるもの
我の心身をどこまでつれ去るのだろうか

行きかう人は懐旧にはまり
辺土《へんど》の坂みちの小石の友となる

足許は新月の淡い光のなか
ひとり途方にくれ
うたかたの日月を過ごす

海浜は出生の想いをうつし
終《つい》の宿と誘《いざな》う
絶えなく押しよせる潮は限りを急きたてている

かすかな声

風雨順時のむこうから
虫の知らせか
疾《と》うの昔　他界した者からの気配を
観じて思いを覚ます
亡者の霊が遠く隔てた辺地の雑木林から
風に乗り微かに聞こえてくる

そこは不変の普遍的調和を謳う世界か
陰と陽にまみれた幽閑のうじ[2]
しわがれた声　過日のなかでこだまする
どこかに残るおぼろげな断片を覚ましてゆく

春の日差しにそまる
辺地への旅立ちの時
真っ白い衣[3]をまとい
首に頭陀袋を下げ
藁草履に菅笠
手には真新しい金剛杖

白装束[4]は死を覚悟した者の旅装と
笑顔にかくした鋭い眼がまぶたに浮かぶ
唇を結び心身を引き締めて
新たな旅立ちを弾ませる

へんろの思い

歩くのは
過去のほころびを捨て
別離の哀しみを捨てて
生きてゆくかて資料
雨の日には懐旧の情意が充溢し
歩け歩けと恣意を押しつける

歩くのは
未知のみちをたどり
すべてのものが見知らぬもの
魅惑の香りに
沈殿した魂を解きはなつ歓喜を覚え
歩く思いに生の鼓動を呼び覚ます

歩くのは
まだ知らぬ生の鉱脈を探し

どこかに潜んでいる
未見のものとの出会いを求めて
なにものか不詳のものに憧れて
悟性の底に燻る[5]
変身の焔となる
新たなる種子[6]との邂逅を
心奥に秘めて歩いてゆく

このみちは歩くものを睨んで逃がさない
少しも融和をみせない空間
異国の遠景と錯誤する時は去り
道行く人の生涯を
沈黙する自然の淵に落としてゆくのか

このみちは黙して応えない
直ぐそこにあるはずの終着のトポス[7]
この世との惜別の情感が臓腑を侵蝕する
それでもこの脚で歩いてゆく

ごちゃ混ぜの重い思い
花火のように次々と込み上げてくる

あの遍路はこのみちにどういう思いを残したのだろうか
無関心をよそおう風が頬を触り
通り過ぎてゆく
死の日まで
死して意《こころ》がとけるまで
強い思いが
小さき後姿にこもっている

あの人も死の準備[8]

このみち、ありふれたみち、永遠のみち

歩いて
歩いて
歩いて
歩く

歩くことが今のすべて
歩いても
歩いても
歩いても
普遍の自然《もの》があふれ
無秩序なる感性が欲する
すべてのものを与えてくれる
しかしすべての自然《もの》は
有限なるものとは無縁のもの
意思在るものが触れ得ぬ異次元のもの

この世で生きる自然《もの》
どこまでも続くこのみち
幽玄を謳う里山
黙して誇示する海
安らぎをかなでる田園
すべてのもののなかを歩いているものの
ひとときの生の時間

このみちは変哲もない道がどこまでも続き
自由の空間が闊歩している
あらゆる思いが許されるみち
遠い家郷の父母に会いにゆける
生きている今こそ
生涯の残り香に浸るみち[9]

このみちを今、歩いている
いくら覗き見ても
このみちには真理の花房は実っていない

それでも愛おしいこのみち
このみちにはわたしの命が宿っている
このみちに誰もが何かを欲して
今も通り過ぎてゆく
永遠なるものへ続くみちと

このみちは狭小で
すべての自然《もの》の片隅に佇んでいる
このみちを歩き歩いても
手のひらにすくえるものは何もない
時間のなかで時間がこぼれ
空虚が孕み
焦燥の呵責が襲ってくる
今この一瞬に過ぎ去る今は
永遠なる時に通底する今
一瞬の今であり
永遠のなかの今に心身が浸る一時《ひととき》

ここは阿波の辺路
人生が発症した不治の病に犯されたものが
逃げ込む里山の診療所[10]
老いたもののこころに巣くう臨床医は海と山と薮とみち
その正体は昼光にまぎれて隠れ住んでいる

このみちは
この情景は何も応えない
すべてのものの
すべての病は
この空間には無用と怒っているのかもしれない

辺土[11]の過客

今は昔
四国の辺地、海辺を廻る僧あり
其れを廻りけるに

深い山に迷いにければ
浜辺に出でる事を願いけり[12]

旅する者の願意《おもい》は
平安の古より
海の彼方の常世の国[13]
補陀落浄土[14]への渡海を渇望して
夢幻の虚《うつぼ》舟を探し
海辺[15]を漂泊する旅人となる[16]
その数いまだ知れず

この地は限りない時を過ごして
なお今も
いち一刹那、いち一刹那
時を痛惜し
過客の日月を重ねている

へんろ[17]の色

遍路は古より修行[18]の道なり
険しき未開の辺路を懐にした
自然の営む趣に配する行道

道行く者は
信心を背負うもの
家族の餓死を避け口減らしするもの
乞食となり流浪するもの
遍路の厳しさに病死するもの
遍路は生きる者の生意の縮図

悲惨なりは病死遍路
巡礼[19]の道半ばで死して、不帰となった巡礼者
その数、不詳[20]

辺地の脇に散見する墓と思しき円い小石

泥仏は風雨に晒されて跡形もなく
崩れた土饅頭の上にさした
金剛杖の卒塔婆は朽ち果て
埃をかぶる草道に寄り添う

へんろの時空

時は天地を駆け
四季を流布する
移ろいの調べは
有限に閉じこもる者の
生《いき》る色に情意を諭し
山川草木はひたむきに自然を映し続けている
悠々と流水は豊穣の稲穂を潤し
陽は地表をそめて
辺地にまどう子羊に降り注ぐ[21]

無情なるか常しえの色
時空をこえて
万有の心身に触れる

遍路とは終わりのない円[22]を
周りつづけることなのか
解（果実）を求めて
歩き行けども
果実の見えないみちが続くのか
この先のどこにも
隠れてはいないと
このみちは語ろうとしているのか

彼《か》の遍路は何を背負いて
日月を捨て
妻子を捨て
執着を払い
漂泊の旅[23]に出たのだろうか

その堅い思い
少しは氷解したのだろうか
それとも一層の混沌に落ちているのか
無常なるは遍路に舞う風

札所[24]の声

遍路[25]には八十八[26]の札所有り
札所は心の煩悩を脱して
心品の転昇[27]を自得するものの聖地

小雨が打つ菅笠
足先から浸みてくる冷気
かすかに海鳴りが肌をうつ緑陰の幕間
此所はどこぞと迷いて
樹下の蔭で雨露をしのぶ

陽は陰り
五臓を駆け巡る意志は
落ちてくる雨粒に放心し
無辺の土となる怖れも覚えず
草藪は沈みこんで無声の映像にはまり
海潮は今も砂原を打ち続けている

ひとつふたつみっつ
ひとつふたつみっつ
この世を知らぬ稚子は比丘尼谷の水場に隠れて
最後の時に泣いている
蒼樹に骸を捨てて
イヤダニマイリ（弥谷《いやだに》寺《じ》[28]）への道行
谷戸の水音が教えてくれる

阿波の音

阿波嶋に一羽の鴉
叢の蛙踏みつけ
河風の音にすぐさま
枯枝に隠れ
ここは我らの島と光らせる

月日は野晒しの郷に風雨を謳い
旅人は大地の土に散る
雲居に霞む眉山よ
万葉の繁茂に
土となった者の想い重ねて
黙して語らぬ理を知るや

粟門《あわのみと》[29]幾何の過客を海底の塵としたのか
白波立つ潮鳴は残滓の香も洩さない
無量の影たちよ

いずこ[30]に発したのか

野分け止み　生落ちて
天はなく　悠久の想いはどこへ
地もなく　遊子の寸劇はどこへ
海の荒さもない　思惟を刺す寒気はどこへ

鴉よ
木枯らしが吹く頃
乾いた声
想起のなか

眉山へ

田圃の畦道を歩き[31]
草履をつつく小石の堅さを聞き
雑草の悲鳴が跡の小径を抜ける

時折、菜の花が色香を拡げ
どこかに誘うとも肌は覚えない

陽の光のとどかぬ山に入り
山気をあび
濡れ落ち葉に埋まる山道を
野仏の手招[32]きで歩いている
歩くことは行《ぎょう》なのか
焦燥の渦がはやし立てて歩くのは
究極的なものに触れ得るためなのか

眉山よ
垢離《こり》[33]を知らぬ
穢れた心身を清めてくれ
眉山に隠れる山人《やまびと》よ
巡礼作法を知らぬものの
入山を拒まないでくれ
山の神々よ

天地を転覆させる毒龍の
覚醒を鎮めてほしい

下肢は自走を憶えて他動し
感性は遙か鬱蒼の梢に飛び
木漏れ日のなか
陽という時にはまりこんでいる
明示なる意志は臓腑にひそんで黙している
道行くものは
今も今昔の絵巻きを歩んでいる

2　里山

由岐[34]の空間

眼の前に広がる情景
心身を包み込んでいるこの空間
遙か向こうの遠景
すべては一つの同体なのか
色もない
触りもない
形もない
意志をもなくして
あらゆる大地に張りつき
ありふれた自然のなかに
無限の広がりを見せる空間に終はないのか

青色を放ち続ける茫洋とした時空

五感を研ぎ澄ましても寝息さえも聞こえない
このまほろばのなかに
無造作に入り込む障なる異物は誰《たれ》

自我はこの時空のどこで生息しているのか
その場所さえもみつけられぬ異邦人
自然の片隅で漂泊する一片の意識
飛翔の翼をもてぬ死体
感性と思惟は籠の鳥
俗物を奏でる身
悩めない思惟

おまえは有限の塵
あふれる空間は
絶対の無限

辺土にとけてゆけ

悠久に存在し続けるもの
大自然に
か細き心身を
短き命《せい》の
この我意を
憧憬の言葉に閉じこめ
この辺土の空間に
永久《とわ》の時に
とけてゆけ

木岐の里山

一杯に水を溜めて
鴨親子の遊戯を見つめる田圃
田の神は暫し深き山々にお引っ越し

新緑の音を奏で
お玉杓子の子育てを見守る清水の神
爽風の生産に負われている

紫雲英《げんげ》はもつれるほどの群れをなして咲き乱れ
懐には雛鳥をだき
我が世の春をうたう野の神

ひと筋の日を受けてひっそりと横たわるさかみち
啄木鳥は早く早くと囃し立て
欠伸をしながら手招きしている峠の神

茂みではメジロか鴬か
姿を隠して
春の饗宴

阿瀬比[35]の里

静かなり朝の露
静かなり新緑の若竹
静かなり幽邃《ゆうすい》のほそみち

陽はようようと射し
野草はのびのびと揺れ
風は野道をかけ巡る

落葉《おちば》は足許を転がり
小石はあちこちで
土のうえに角を出す
ドングリの実は
草むらに隠れ死んだふり

河鹿《かじか》は田圃で息をひそめ
春鳥《うぐいす》は透きとおる音色で谷渡り

渓流は幽玄にひそみ妖精を放つ

畦道を歩く風のご馳走を知っていますか
山路を歩く風のご馳走はどうですか
峠を歩く風のご馳走は格別です

静かなり藁葺きの里
静かなり井手《いで》[36]の清風
静かなり葛折りの山路

落葉気根の情景

鶴峠

険しい勾配の坂道《ほそみち》
荒い息を吐き捨て
無心にうごいているこの身

思惟も
意志も
どこかに忘れ
半歩進める脚がほそみちに沈んでいる

ひとつ　歩んで木の香り
ふたつ　歩んで笹の揺れ
みっつ　歩んで土の肌
身の丈の空間に反響している刺さる吐息は
生体の限りを散らし
すぐさま坂道《ほそみち》に落ちてゆく

荒い吸気と反発する呼気と一瞬の停止
吸い込むものは我を成就する善なる心[37]
吐き出すものは我の過日に積もる愚かさ
それとも人意を刺す鋭利な言葉

ここには人の臭いはない

一人の存在
個に許された唯一の空間
何も考えない
何も考えられない快感を
峠の道は教えてくれる

もつれる息が辛い
重い空気が胸を圧して
もう歩けない
もう進めない
これが最後の歩
生き物に同化したものの繰り返す譫言は
場末の芝居小屋[38]に飛び交う単調な台詞

歩くことは苦行の一つと山人《やまひと》[39]は誘い
峠では霊験を感応できると囃し立てる
こんなにも息は絶えて
脚は乱れ

今にも崖下の海に落ちるかもしれないこの身
この危うさは
過去に犯してきた罪の深さか
罰の重さか
自責の鉄鎖が全身を締めつける

この急坂はいつまで続くのか
乾いた土と湿った土
まつわる野草
小石はあちこちに突き出て
松の根はもろ肌を晒している
はるか先の峠に
半歩　また半歩
歩んでいるのですか
破れそうな息はいつおさまるのですか
この身は憧憬するトポスのなかにとけ込んで
異次元の世界に入り込んでゆくのですか
それとも現空間の虚構ですか

時折、小枝をゆらす坂道《ほそみち》
峠のあなたが待つ時空へ
懐かしの空間へ
半歩
また半歩　歩んでいるのですか

遍土にひそむ風が触れに来る
われ永く山に帰らん40

一本の水

藁葺き屋根が映える山里
田には水が張り刈り株を見せたり隠したり
三角の泥をもる畦道は乾いた肌を見せ
野草がとりつく小川は水音を静に落して
農道の道端に雑草が茂り、そのなかを抜けてゆく風小僧

突然どこそこで　甲高い鴉の鳴き声
里の人はどこかに隠れんぼ

春の日差しの野辺のこみち
紅布を胸に垂らした地蔵様が並んでいる
おだやかな丸顔に見とれていると軽車がやって来た
道端に寄り通り過ぎるのを待っていると
車から一人の青年が降りてきた

古びた上着に泥がついたズボン
おくびにも小綺麗とはいえない身なりの青年
両手で恭しくペットボトルを差しだして
ぎこちない微笑を浮かべ
どうぞと促す青年の先には
冷気の水玉が光っていた
突然の慣れない仕草に心が高まり
青年の眼を覗くと
何かの核心を秘めた強い眼差しをしていた

思わず溢れそうになる涙を必死に抑え
無言で感謝のお礼
間髪いれず青年は
『私も廻りました。ありがとうございました』と
やっと話せた言葉の重さ
この身を透し
背後の見えざるものに
謝意の祈りだと感じる心身
声はどこまでも澄んで青空にとけていった
これが山人《やまびと》の山苞《づと》[41]なのか

お名前を伺おうとする仕草に
青年は笑顔で返し
小さな車で立ち去った

彼の根子《ねっこ》[42]は
摩盧山に囲まれた山の色
鮎喰川の水音を発する川の色

緑を敷きつめる草木の色
そして
豊作を歌う田んぼの色
様々な色が風景に集いて
山里に染まっている
自然のなかに塗り込めたゆるやかな郷の表情

あの青年は山人かもしれない
どこの誰とも知れないものに施す温情は
白装束を信じ
どこの誰であろうと
疑うことを知らない山の心

どうすればあれほどの固い信念が育むのか
山里に醸成された純粋の真理
眩しい青年の姿
常しえに伝承されている美しさを感受し
思わず合掌する

心奥に願うものは〝永久に〟の言葉
山人と老人の交わり
山里の風景に刻まれてゆくのだろうか

3　海に

出生の海・阿波

冬の空は見渡す限り碧くして
ちぎれた雲は留《と》まり
悠々と歩む海
風はどこかに隠れて
時を忘れた写し絵のなか

微かな島影は霞の衣
眉の如《ごと》く雲居を散りばめ
海の果ての蜃気楼

流れる海
蒼い海
どこに向かうのか急ぎ足

薄い藍を敷きつめて小島に寄り添う海
島と海の狭間に白い帯を垂らして
幽寂を演じる海

彼方から押し寄せる海の化身
岩礁に弾け砕けて散り散りとなるしぶきの泡
それでも触りに来る

陰《くら》い海
黒色にしずむ海
鬱蒼と佇んで息のね音は潜んでいる

時は沈み
風の息吹は黄色く唸る
爽やかな風よどこにいる

母なる海・阿部の海[43]

開けゆく海
陽をうけて洋々と広がり
心身に籠もる障りを消してゆく

波はやさしさ　幾度も幾度も触れに来る
波は応援歌　心の陰りを一つ一つ沈めてくれる
波は決意《おもい》　しぶきを立てて傷心に届けてくれる

絶え間なくうち寄せる波よ
悔悟の棘にあえぐ心身を潮の水に晒し
悠久の海に潜めて欲しい

自我が静《しずか》に嵌まりゆく今
未知なる無窮の彼方の今も
普遍の理法が闊歩している海よ

一時《いっとき》の生を見えざる時に沈めゆく海
波よ　啼け
海よ　謳え

母の海

海は呼んでいる
どこから呼んでいるのか
はるか地平線の彼方から
潮にのせて
思いの声が聞こえてくる

母よ
透きとおる海はあなたの胸のようです
何度も　何度も
甘い香《におい》のする魔法の胸に
駆け込んだわたしを覚えていますか

静かなる海よ
慈愛に満ちた海よ
おまえはわたしの母
わたしのすべてを受け入れてくれる海
心の裂け目を永遠《とわ》に癒してくれる海

冬の海は凍りつくように冷たいですか
それでもわたしを待っていてくれますか
もうすぐこの身は動かぬ屍体《もの》になります
そんなわたしですか
もう一度あなたの胸で抱きしめてくれますか

母よ
思いの母よ
何一つ果実を咲かせぬ
不肖の子ですが
あなたの愛はわたしを許してくれますか

父なる海・恵比寿44

大地の果てに流れくる潮
怒濤の波が轟音を引き連れて迫りくる
風は海上をかけて遮るものはない
海よ怒るな
万年の海は今も連綿と生きている

海は絶美
海は耽美
海は善美
海は生あるものの躍動を鼓舞している
海は無限の時空から流れくる

人為は万古の海に漂流し
不知の空間に流れゆく

海は無常への投網《とあみ》か
否　海は時の移ろいと無縁
悠久に限りのない世界

恵比寿の海は
時に心身に叱責を打ち
時には博愛にそまる
時に反旗の激情を起こせとせまり
時には再生の海へと誘う

父の海

海に我が身をゆだね
どこまでも流れゆくのか
やがて地平線をこえて
海中に沈み
漂流物となる我が心身

父よ
海の底で
わたしの骸を
肉と骨が腐敗し醜い死屍を
深い海底に埋めてくれますか

心は氷つき
眼はつぶれ
口は破れ
声は
あなたの名を呼べないかもしれない

それでも
思いの父よ
わたしの骸を迎えてくれますか
一塊の石ころとなりはてたわたしを
あなたの熱いこころに包みこんでくれますか

父性なる海

紺青の海に
悠然と横たわる父よ
岩礁を打つ潮は
ひたすら繰り返して
何を作意しているのか
わたしの意《こころ》に欠如する
何かを示唆しているのか
この意志は脆弱に沈んでいると
波の滴に託しているのか

父なる叱咤の声よ
この心身に矢を放ち
この胸に突き刺され

わたしの意《こころ》は再生し
父なる理を身に纏い
慈しみながら艱難辛苦を包容し
すべての障りをこえて
大いなる海に和合する

そのためには
原初より固く抱擁され育まれた母性[45]の殻を絶ち
この心身を父なる海に解き放たねばならない
安らぎの海で満腔したエディプス・コンプレックスを自壊させるため
この個体の自立のために
この大灘を抜け出さなければならない
未分化の容器にこもる自我を自律させ
成熟の森に誘うまで

日佐和[46]の海

日和佐の海よ
怒りを露わにして
狂奔するのは何か
憤怒をしずめ
怒涛の潮を抑えよ

日和佐の海よ
教えてくれ
海に魅了される人間は傍観する水泡なのか

春の海にとりつかれ
遙かなる海原を真っ青にして
爽快を奏でる姿に感嘆するものは

夏の海にとりつかれて
ひっそりと静かに落ちている凪の姿に

屈折を感受するものは
秋の海にとりつかれ
狂った海鳴りと大波にばける
時化の恐怖におののくものは

冬の海にとりつかれ
暗闇に沈み憂鬱を露呈する海に
喪失の色と落ち込むものは

ことごとく時の凪のなかに迷い込む者なのか
日和佐の海よ
教えてくれ

千数百年前
彼のもの[47]は日和佐の海に立ち嘆じて放つ
生れ生れ生れて生《しょう》の始に暗く
死に死に死に死んで死の終に冥《くら》し[48]

万事は絶滅と

吠える海の砂原に立ち吐露するものまたあり
人の世は日月短く黄泉の年月は永く
速疾なること陽炎のごとし
暫時《たまゆら》を生きて落崩しぬ
欲情にまみれた貧庫は去り
この世にて嘆願する手立ては何一つあたわず
詩を編み謳い哀しみ嘆くものなり[49]
生の道はひたむきに死への道を歩む無常の道なり

日和佐の海よ
怒りを解いて教えてくれ
今、ここに座し海を眺めている暇《ま》に

日和佐の海よ

地表の七割を支配する海よ
三十三億年を生き続けた海よ
七十二の季候を操り生物の繁華をもたらす海よ
人間はたかが百年の命を積み重ねて
漸く一万年にとどく未熟者だと知っているか

コスモスの空間を支配する海よ
大地で育む人間のちっぽけな情意は
おまえが左右していることを知っているだろう
声なきその様相は
成熟しない人間の思惟を喝破しているのか

それとも大いなる魂の手先となり
黙殺をぶつけているのか
哀しいかな人間の悟性は
聖なるものの花園を感じ得ない

真理の住まいの門前で
混濁が満ち溢れている領地で
望郷の眼差しのまま立ちすくんでいる

神仏はこの世で生動する躯体を得ず
人間が作為した天空に存在していると経典は説く
なぜ
この世で認知できる生き物として闊歩しないのか
木造の人形《ひとがた》に宿る神仏を信じろというのか
絶対の信仰をもてというのか
理性をこえた宇宙の言葉をいかに汲み取れというのか

この世の枠外に存在するという神仏の正体と
不可解な教典[51]
そこには語彙という文字が綴る仮象の宝庫
書物のインクの跡が大いなる真意を発するのか
こんなものがどれほどの威力を持つというのか

しかし　しかし
時空の裂け目から人間の意思に潜伏し[52]
慣れ親しんだ秩序に歪みをもたらすものは何か
真理への魅惑に脈打つ心音は何なのか
洞察への深淵に没入せよと責めたてる言葉はどこから落ちてくるのか
不可解な情熱の源泉は
どこから湧き出てくるというのか
どうしてそうなのか
不明の感情の動悸は
海潮の仕業か
日佐和の潮が迷夢の思いを巡らせいるのか

視覚に映ることのない
向こうの世界
そこには人間の理解をこえた
不明なるものが存在しているのか
感性はすべてが見えていると豪語するが
海の彼方の地平線の向こうには何があるというのか

思いだけが渇望する仮想界ではないのか[53]

日佐和の海に立つと
潮が発する風が清々しい空気を運んでくる
私の身体に触れて
悉く虚実を消してくれる
いつまでも　いつまでも

II章　風説

1　へんろ転がし

乾いた土

急峻な山懐
澄みわたる表象空間の世界に
心身がほどけてゆく

これまでどれほど辺路《さかみち》を転げ落ちたのだろうか
生をむさぼるものが踏み固めた
ほそみちが続いてゆく
急な上りで息は切れ
急な下りで足をすくわれ
飛び出す木根に足を引っかけ
思わずみち端に倒れこむ
乾いた土の匂いが身体に染まる

汚れ

集団生活を円滑に運営する構造のなかに組み込まれ
社会から金銭を得ることを知ってしまった
社会的地位[54]は財富をもたらし
日々の生活を潤してきた
そればかりか
羨望という妙味を浴びてしまった
もうわたしの心身は過去には戻れない

平穏な家

わたしの住居《すまい》は都会の高層ビルにあり
道行く人は蟻のように見えている

わたしには妻と四人の子がいた

どの子も母のあつい胸で育ち
一人を残し巣立っていった
今は妻と長女と三人で住んでいる
三様の個性が織りなす即興曲の我が家
日々　平穏に明け暮れている
娘は燃えたぎる焔を宿し
独りで未知の世間で懸命に生きている
時々不調和音を持ち込み
平穏のリズムがゆれることはあるが
直ぐに静まり凡庸な家は崩れない

樹陰

雑草に身を投げだし
あちこちに刺してくる固い茎の感触に
心地よい生を感じる

暫時《ひととき》が過ぎて
意《こころ》がゆるぎ
樹陰はすずしさを囲い
爽やかな風
汗の顔を拭きにくる
陽は時折
枝の隙間から差し込み
きらきらと輝きを見せている
眼を閉じると
緑樹の声
笹の声
野草の声
人為を寄せつけぬ空間から聞こえてくる

生きものと

わたしの近くで生きている

あらゆる生きものと離別してきた

小さくて可愛い猫は我が家の一員
家に帰ると飛んできて
迎えの挨拶
柔らかい頭をこすりつけてきた感触
いまもこの肌に

いつの間にか丸々と太り
野良猫となり
しとめた生カエルを家に咥えてきた
酷く叱ったが口を結んで
じっと耐えていた

あの猫の
あの時の
あの顔としぐさ

それ以後
いつの間にか姿を見せなくなった
どこにいったのだろうか
いまも思いの空間に積もっている

小学校からの帰宅途上
長い石垣に隠れている蛇を引っ張り出し
固い石にぶつけて殺した
その数は砂利道が真っ赤に染まるほどだった
あの時
どうしてそんな酷いことに熱中したのだろうか
可哀そうな蛇
それよりも
あの殺しに加わったものたちは今
どうしているのだろうか

いつごろからか
我が家には黒毛に覆われた

ピカピカの犬がいた
わたしが玄関に行くと
奴は身軽に飛び回って
短いしっぽを振っていた

ある時
甘い黒餡のぼた餅を二個
犬の皿に盛ると
奴は一つ食べ
残りを口に咥えて何処かに行った

わたしはこっそり後をつけた
奴は川沿いの草むらのなかに
ぼた餅を隠していた
奴は隠したつもりなのか
わたしの眼には半分は見えていた
ぼた餅のうえにうっすらと砂がかかっていた
わたしは思わず

ぼた餅が見えないように砂をもって土の下に隠した

少し安心して辺りを見渡した
奴の気配もなく
誰も見ていたものはいなかった
我が家に帰り
何食わぬ顔をして奴と再会したが
奴はいつもと同じ動作だった

暫くの間
奴が何処かに出かける際に
埋めたぼた餅を喰いに行くのかどうか注視したが
奴にはその気配が一向にない
なぜ奴は出かけないのであろうか
犬は自ら散歩しないのだろうか
それとも忘れ去ったのだろうか

それからも奴との奇妙な距離のまま

思いのなかの
出来事となった

曲がりくねったへんろみち
あの猫のしぐさが
あの蛇の血が
あの犬のしっぽが呼んでいる
このみちの何処かで
まちがいなく呼んでいる
この先のそのまた先の
峠の影かも知れない

驕慢

わたしは人間ゆえの醜い争いにまみれてきた
進化を競う社会で
合理化を突っ走り

人間を労働者と錯誤してきた
リーダーとして絶対者という過信を持ち
わたしが納得するまでは他者に
鋭い言葉を放ち続けることが理に適う行動と錯誤した
合理化[56]の正義感が突き進み
弱いものいじめの温床となったしまった
わたしは深い病に犯されてしまった
振り向くと余人から言葉の暴力と揶揄されて
敬遠されてきた過去
しかし確実に社会的地位は高くなった

傲慢無礼で高圧的で
人間を人間と思わなかった過去
複雑な競争社会の荒波を乗り越えるために
半歩でも先に進み
リーダーになるために身に着けた習癖
いつのまにか
武器になってしまっていた

わが家の突風

わが家にも
なにかの拍子に突風がおそい
微妙なハーモニーが変調することがある

ある夏の暑い日
最愛のわが子に
傲慢な合理化理論を持ち出し
『悟性に人間はひざまずくべきだ
無能な人間は知性に劣る』と
残酷な仕打ちをしてしまった
わが子は錯乱し半狂乱となった
その異様さを眼のあたりにして
口はたじろぎ言葉はつまった
しかしそれでもなお

納得しない理性は理解の中途でさ迷っていた
この非常な行為
許されない性癖

それ以後
我が子は固い石の塊となった
我が子の情感にとどかぬわたしの思い
肉親の血脈とはこんなにも脆いのか
こんなにも無力なのか
眼前に広がる空間は隔絶の色を奏でている

我が娘よ
おまえの涙の叫び
今、内なる心で泣いている
この屈折した懺悔は墓場まで
わたしの身体にこびりついているだろう[57]

わたしの咎わたしの身業[58]

わたしの咎わたしの口業
わたしの咎わたしの意業
安穏のとばりを逸脱した業の重さ
この身が犯した許されない過去の罪

通せんぼ

小雨が降りしきるけものみちの
枯れ落葉はバシバシと奏で
青色を残す落葉はクスクスと嘆き
固い土はスッスッと軽くあしらい
柔らかな土はズッズッと悲鳴の声

木根は行く手を塞ぎ
赤松の老木は
『ここはわれらの地』
『穢れたものは通さない』と

みちをふさいで通せんぼ

影の告解

既に社会の喧噪と無縁となり
何事にも腹立つことは少なくなった
安らかに見えるわたしの心奥には
燻っているものが隠れている
何かの頑迷な影がこびりついて離れない
長い歳月の流れのなかで生起した
無数の多様な過去の舞台は
数多の不明な影を造形し
体内に鬱積している

不明なる影は
表象空間の何かに

敏感に反応して覚醒し
直ぐさま焦燥感となりはて
心身を緊縛する
不明なる影は暴なる塊となり
いつ臨界点をこえて暴発するのか
戦慄の不安が襲う
しかしどこかで
安堵しているわたしがわたしを見ている

崖っぷち

人間とは何か
人間の理性とは何か
理性の根底に存し
人間の資質を擁護するもの
それは尊厳であるはずだ
人間が人間だけが誇示できるもの

それは尊厳
人間であることの唯一の証左は
尊厳を内在している事実と
我執は吠えている

尊厳は生得的な行動規範
感情の暴発を心奥で制御している
人間の意《こころ》の埒外に潜み
本能でさえ認知不能の（領域に存在する）潜在規範
それは尊厳

我意が認知できないと悲嘆することはない
そして崖っぷちに立つものたちよ
安堵の碇を降ろせ
人間の理性には
絶大な味方がいると
不明の淵に潜む影など怖れることはない

雨をつくるものよ
いっそうのこと大雨を降らせ
この不明なる影を
根源からことごとく洗い流して
人間が視覚の世界に晒してくれ

しかし、時は言い放つ
過去に埋まる昔日の事実は
今の時空には戻せない

造花

わが小舎[59]は都会のなかに佇み
もはや欲望の火は燃えることさえ忘れている
住居《すまい》の周辺には手入れのゆきとどいた
小さな公園が造られている

この辺りには幾人かのピエロが毎夜出没して
自然の緑を装うには何を企図すればいいのかと
密談している噂が広まったが
未だどこにも緑の匂いが根付かない
そればかりか
ここには一匹の蛇さえ見かけないと
嘆息の声が漏れてくる

あこがれの楽園には
沼地に茂った草を食んで歩む牛が放牧されている
その廻りには蓮華の花々が一面に咲き誇っている
この精舎に豪雨を降らそうと望むなら降らせてみよ
生あるものはいつまでも堪え忍ぶだろう

辺地の音

笹　無数に戯れている音

風は一瞬強く揺らし
直ぐさま通り過ぎてゆく

藪　大きな風呂敷を広げ
乱れる野草を束ねる音は
辺り構わず騒ぎ立てて唯我独尊

わき水の音
ちろちろと純白の色を流し続け
どこかに落ちてゆく

樹々　天空に向かう音
高い上空で
甲高く時に鈍く揺らす枝は
『おいで　おいで　こっちにおいで』と魅惑する

河の音
満ち満ちとひたして

陽にゆだねゆうゆうと流れる音

山の音
びくとも動かず静《しずか》のなかで
一面の緑を顕示する

雲の音
無窮の空に多様な風情を見せ
時にめらめらの激情で迫り来る

樹神ヤッカ[60]はどこにいるのか
どこもかしこも幽閉を彩るこの時空の
どこに潜んで生の音を奏でている

残雪の想念

わたしの筏[61]は頑丈に造られ

此岸の激流を乗り越えることができた
奔流をこえる度に
桴[62]は筏となったことをわたしは知らない
その頃のわたしはわたしを支える
黒子がいたことなど少しも顧みなかった
やがて久しく時を積み重ね
わたしの筏はことごとく変滅してしまっただろう

終着点にさしかかる今
もう一度あの筏と邂逅したい
思慕は弾け思いのなかで拡散する

しかしわたしの筏はどこかに流されて
行方知れず
わたしだけの筏は朽ち果てて
どこかで泣いているのだろうか
とうてい弘誓の海[63]に乗り出すことなど夢のまた夢

もやの下

深い森の山々に連なる摩盧山
中腹から靄《もや》がかかり
まほろばの幻影に誘い込む
あの靄の下には
生きものが息をひそめてうごめいているのだろうか

しんしんとしんしんしんと
小雨が緑の梢に落ちてゆく
なすがままに身を任せている霊山
ここには毒龍が住み
垢離を掻けと
火を吐いて迫り来るはず
神の使いは永い風雨にさらされて
生が尽きてしまったのか
それとも

山神の怒りはすでに風化したのか
幽閑の地に
小雨が無性に落ちてくる

ぬるま湯

わが牧婦[64]は従順であり貪る[65]ことはない
久しくともに住んでわが意《こころ》に適っている
わが牧婦にはいかなる咎の噂さえ聴いたことがない

わたしの心は平穏のなかに入り込んでいるが
一切の苦悩から解き放され
自由奔放に生きているとはいえない

そもそも離脱とか解脱とは何かと
何度も詰問すれども

途次で迷路に惑わされて
意は迷盲し
揺蕩《たゆと》う思惟に失望し
落胆している意思
わたしは比丘にはなれない

不安の種

わたしは自活[66]してわたしと家族を養ってきた
みずから得たものによって人生を歩んできた
これまで他人に備われる必要[67]を微塵も感じなかった

わが子らも正月には集いて
和やかに健やかな時間をおくってきた
かれらにいかなる咎の芽さえあるとは聞いたことがない

わが子らは優秀だが

社会のなかで未だ馴らされていない子もいる
それればかりか親元を離れられない子もいる
自立した三人の子は妻を娶ってはいるが
どの子も孕むことはできないでいる

巣立ち

もしもわが家にわが子が一人もいなかったとしたら
こんなにも穏やかで健やかな日々を送られたであろうか

多様な個性をもつわが子は
四方八方に情意の籠る石を投げ続け
成長の軌跡を刻み
やがて伴侶と縁を結び独立していった

わたしの生き様をわが子はどう感受したのであろうか
わたしの何かを継承したのだろうか

社会で躍動しえる爪を磨けたのだろうか
それとも
わたしの性癖に失望し暗い部屋に閉じこもるのだろうか

絆

わたしたちの家族を繋ぐ杭は
しっかり打ち込まれて揺るがない

新年ごとに編み直す
しめ縄はよくなわれていて
家族の誰をもこれを切断することはできないはず
これは決して妄執などではない
しかしこの縄に新たなものを結びつけることはない

寸断する転生

わたしは結縛《むすびいましめ》を断ち
今生の匂いのする情愛を象のように踏みにじってまで
母胎[68]に入ることはない

もはや意《こころ》は萎えている
だれかが遺憾と叱咤するならば
雨を降らせてみよ
たちまちに大雲が現れて大雨を降らし
低地と丘とをことごとく満たすだろうか

臨終正念は[69]

どこかにおわす眼のある方よ[70]
わたしはどうすればあなたを信仰[71]できるのでしょうか
あなたの何が信仰[72]に向かわせるのでしょうか

わたしに宿り得る信仰とは何でしょうか

従順であるわたしと妻は
幸せな人[73]を感じながら
髪の毛が逆立つほどの錯乱に陥らず
清らかな死を
どうすれば迎えることができるのでしょうか

願わくば精舎とやらの常楽の岸に赴き
生の苦しみと
生の喜びが
積集した過去を
どうすれば滅すことができるのでしょうか

辺土の張り

湿った野草を

惑うものの硬い足が踏みつぶし
自然の装いが壊れてゆく

見渡す限り落葉は重なりあい
行くみちを隠して
よせものに禁忌を投げつける
ここでは想いに耽るものは不敬
ここは生死をかけて生命《いのち》を繋ぐものの辺地
野草の視線が迫り来る

禍福の因[74]・喜びの真理

いかほどの過日か
天邪鬼[75]が放った呪縛の言葉
子のあるものは子について喜び
財富のあるものは財富について喜ぶ
人間の執著《しゅうじゃく》する水源は喜びであると

我意あるものを陶酔の底に陥れる
この言霊は珠玉の真実なのか
それとも
この喜びこそパーピマン[76]が細工する罠なのか

禍福の因・憂いの真理

七仏[77]はいう
子のあるものは子について憂い
財富のあるものは財富について憂う
思惟にあけくれるものは思惟について憂う
実に人間の憂いは執著する源にあると

これは真理の教戒なのか
人間の群生に身を投じた真人[78]の
啓示する絶対の真理なのか

執著するもとのないものは憂うことがない[79]と
剣の刃を悟性に投げつける

人間なるものの果実とは

残酷な真理よ
あまりにも無情の鞭
短い生を懸命に駆け抜けるものに
有為転変する世俗のなかで亡失しろと
鬼の手であやすのか
意《こころ》は嘆きを満たす生気に泣いている
いかなる熟れた果実を収獲しろと言い放つのかと

トポスの真理

焼山の奥院は蔵王権現がおわす弥山

天空へのみちは
四季の風雨にまかせて
荒らぶる造化[80]は我がもの顔
ケモノも近づかない辺土

草堂一宇の伽藍に籠もりし彼のもの[81]は
幽邃寂静のトポスに独坐瞑想して
山気に打たれ五体投地[82]に没する

彼のものは何を行し[83]
何を修したのか
無量なる時間を投じて
紫灯護摩を焚き
何を見
何を思い
無為に沈む時を過ごしたのか
空白な日々にすさむ意《こころ》は無念無想[84]に入り
聖なるものと融合を果たしたのだろうか

一寸の隙なく縦横に彩色をはりつけた自然
一時《ひととき》の美景を写し
憧憬を振りまいて静画にはまる
渓間には集落がこびりつき
田畑は黄色をなびかせ
かすかな海は白色の筋を魅せる
陰《かげ》に隠れる山と
陽を晒す山々が粛然とおさまる
すべては時空のなかに平伏している

彼のものは何もかも捨てさり
この辺地にのぼり
絶対無二の何かを得たのだろうか
夢想のなかで虚空蔵菩薩[85]と邂逅をはたし
真言[86]を唱えて求聞持法[87]を会得したのだろうか
捨身を賭し
捨心を賭し

なんじょありとも賭した孤身[88]
衆生を救済する験力《げんりき》を体得したのだろうか
有限の身に真理は咲き乱れ
束の間の浄土[89]をみたのだろうか
そして
暁の頃には神人の湊に入ったのだろうか

風化したトポスよ
万感の思いを吹きつけて
生の憤怒を刻んでくれ
今この時に
この老身に

2　風説の道

万華鏡

阿波一国詣の結願は薬王寺
玉厨子山にいだかれて
朱印の伽藍を天空になびかせる
麓の此世に百数十余の階段を下ろし
現世に迷う衆生を浄土に導く
一つ一つの石段には薬師経を埋め込み
上るほどに病苦を滅する恩寵の仕組み
山頂を仰いで伸びるみち（階段）は
生けとし生けるすべてのものの
生涯を形相し明示する

石段を踏み込む度に
どこからか風がはこぶ声が聞こえてくる

『こんなにも永く生きてきたのですね』
『幸せな人生でしたか』
『さぞかし喜怒哀楽を堪能したでしょう』
『しばらくの間
あなたの話を聞かせてください』

いつの間にか引き込まれて万華鏡の世界が開いてゆく

一つ目の石段は人の生誕の情景を示し
ここに立つと
み仏がたちまちの内に生国を写してくれると諭す
さあここに立ち
眼をつぶり無心になると
心奥の郷里が見えてくるはずと爽風はつぶやく

ふるさとの浦里は狭い田畑に稲穂が溢れるほどに実り
金色の合唱に垂れている
真っ只中に一人の幼児が

大きな笑顔で
何かを叫びながら
力一杯手を振り駆けてくるのが見える
どこかで見た顔
あの子は誰《わたし》なのか
思いのなかで
荒海は白波をたてて一部始終を見守っている

七つめの石段は七五三
七つ前は神のうちと
新調の袴着で氏神参り
行く末の多幸を祈願し
氏子入りを祝う宴の日
手には持ちきれぬ千歳飴の束
親類縁者どこの家でも笑顔でかわす祝品
どこにでもある平穏を写す石段

九つめの石段は急変の訃報

父の急死の惨事が襲う
にわか葬儀に見知らぬ人が集いて
直ぐさま散ってゆく
閑散とする大きな家にとり残された親子
瞬く間に天と地が転変し
安堵と平癒が崩れ去り
苦渋の日が始まった九つの歳
大いなる大地は沈んだ

あれから六〇余年
多忙にのめり込んだ過日は消え
もはや大河は見えざる土砂に埋まり
幾ばくもない残り香を数えながら
今を歩いている

瑜祇塔は頂上から威圧して
胸中に溜まっているものを
この鏡に晒せ

吐き出せと
上る者にせまりくる
おまえが歩んだ小さな自己風説[90]は
真実の束
おまえだけの真実の束
そこには究極の真理が埋まっている
おまえの過日の珠玉が顕現しているはず
さあ過去のすべてを吐き出して
この空間でコスモスと同体になれと
玉厨子山の万華鏡が呼んでいる
有限の衣を脱ぎ去り
永劫の帳に入れと
静かなる自然は呟いている

また一人
また一人と
どこまでも続く辺地をゆく

八坂八浜[91]

八つの坂は萬のものたちのみち
生きたすべてのものの月日が埋もれている
八つの浜は潮のみち
白砂を歩く行くものに吹きそそぐ嘆きのみち
八坂八浜は通り過ぎるものの生き証人

今生のものが見る今生の空間
今も海潮をしきつめて
思いを引き込み放さない
八坂八浜の神々は
歪んだモノが入らぬように
みち行くものを見つめている
潮の臭いに朽ちた廃屋がかれらの栖

八坂八浜の道標を何度印《か》いても
潮風が砂をながして消してゆく
このみちはどこに通じているのやら
誰もがまったく無頓着
視覚の先のそのみちは
まほろばのオアシス[92]へ続いているかもしれないと
八坂八浜は思わせぶりに魅惑する

凡夫の思慕が生起した仮構のまぼろしと
眼の前の波のしぶきが告げにくる
それでも心奥で羨望の思いが振り子のようにこだまする

この辺地で感受したものは何なのか
いまだ混沌の樹海が広がる思惟
発芽せぬ思念なんぞ去ってしまえ
人間の言葉に用はない
求めるものはひたすらに成就の感触

おまえの願うものすべてが
おまえの足許にひそんでいる
探究の原動《ちから》はおまえが手にした愛の鍵
愛がおまえのちんけな魂を覚醒させ
大いなる魂に昇華させて
成就の郷への道標
愛と魂この二つの大いなるものは
おまえだけの自己風説を創る礎
おまえはこの真実を薄々感じていたはずだ
今生の今
八坂八浜に立ち
体感したものを確信に塗りかえる時がやってきた

おまえには愛があふれて幸せが満ちたりている
大いなる魂さえも宿している
このうえ何を望んでいるのか
何が不足だというのか

日々は安定し
欲求するものはそのほとんどを
手にできる余力をおまえは持っている
そのおまえが感受する空虚感とは何だ
それはこれだと見分けがつかないもの
何かが見えてこないものなど
そんな感性は無用のはずだ

この疑惑の巣は何なのかと意志《こころ》は希求し
このまほろばに何かが欠乏していると感性は叫んでいる
しかしそれを追求できない無力感
このふがいなさは何処から沸きでているのか
それは何を意味しているのか
解けぬ疑問は混迷し
再び歩け歩け[93]と燻っている

一個の生体は有限の心身を囲いこの浜に立っている
この地に住む神々や自然は異次元の空間から

黙して居座っている

へんろのみち

このみちの先に何があるのか
その先に
そのまた先に
何があるのか

行けども
行けども
この心身を迎えてくれるものには
何も触れ得ない

それでも意《こころ》は止むことはない
辺土《へんど》[94]のみちがある限り
薮をくぐり抜け進みゆく

意は何を求めているのか
解けぬ思いを抱きて
歩むへんろのみち

立ち止まると
不明なる響きが胸を打ちにくる
それは何なのか
何ものなのか
辺土に取り残された屍の意《こころ》が
空間の隙間に入りこんで泣いているのか

辺土よ
このみちの先に何があるのでしょうか

時の哀れ、あるいは時のなすもの

霞のように
幻のように
うつろな意識のむこうで
虚ろぐものは
時の形
我が意《こころ》の遙か彼方で
警鐘のメロディが鳴いている
未熟な意識の慟哭
願求が捏造する時の姿

へんろみちに
邂逅をもとめ
一心に熱い思いを燃やし
歩けども
歩けども
意に触れるものは無の触り

やはりそうか
この心身を動かす不明なるものは
有限の時空に常住するはずがない
思いの無限なる宇宙に写影する仮構
思惟がもたらす創造と称する真実の欠片

おまえは何を求めている
永遠の生命《いのち》を探しあてることか
絶対の真理に到達することか
それとも高らかに君臨する名声か
そんなものはくそくらえ
永遠の生命が
絶対の真理[95]が
一時《ひととき》の名声が
なんになる
この乾いた意《こころ》を癒せるのか
否　そうではない

我が意のこの不明なる欠乏を充たせるのか
否　満たせるものは未明の底

ならば何が
我が意を安住の庵に転変させるというのか
駄々っ子が泣きじゃくるように
一心不乱に狂態を曝け出して嗚咽に落ちても
生命がうつ時の哀れの谷響を
忘我することはないというのか

憔悴するおまえよ
深林の樹下に身をとどめ
果てしないへんろみちを
意《こころ》を古層に沈め
歩き歩いてゆけ

泥土に坐し
眼を閉じてみよ

陽は少し陰り
風はやんでくるはず
この寂陰に思惟は消えてゆく

ここは見慣れたものばかり
ここでは我の思いが消え
何をも見るものはない
懐旧が騒ぎたてる音も忘れ
己の息もこの狭い空間にとどかない
ここは悲しい漂流者が横臥する場所

月夜坂《つきよざか》の雨

氷雨が・・・
木陰のほそみちに降りそそぎ
幽閑の風体を醸しだす
枝葉は水滴を丸々とふところに
放つ時を待っている
滲みる滴
冷たく凍りつく足指が眼をさます

濡れた野草に滑り
木根の混じる泥土に倒れ
若草に隠れていた道標をしる
途に迷う我は
おもわず
ここは月夜坂
もうすぐ新野《あらたの》[96]
この峠を越えると

尻なし貝[97]の河に着くはず

霧雨よ
この世の音を消し去り
夢中に閉じこめる
異国にふりこんでゆく雨よ
意《こころ》はどこに捨てたのか

春雨よ
蕭蕭と降る雨よ
水滴に何を託しているのか
我の臓腑に何を伝えたいのか
降りしきる雨に茫然と立つものの
意《こころ》を吸いこんで
静寂を彩る雨よ
それほどまでに何を
降雨に身体をあずけ

背を丸めて歩くひと
菅笠をたたく音を散りばめ
一瞬の交わりを雨中に隠し
あの人はどこかへ去りゆく

雨具に隠れたあのひとはどういう人だろうか
あのひとの熱い息は
この坂みちに落ちてはいない
あのひとの思いは
鬱蒼なる森の雨中に消えている

それでも彼方のあなたに会いに行く

遙かなる尖鋒を眺め
真っ縦な[98]ほそみちが伸びてゆく
このみちは祈願のみち
空は晴れわたり
振りむくと潮は跳ねあがり
大地の袂に抱かれて
空と海が同体なる情景

わたしはあなたに会いに行きます
どこまで行けば会えるのでしょうか
心奥にあなたを抱き
過去も未来も一切を抱愛し
はるか彼方のむこうまで会いに行きます

いつごろからか
あなたがわたしを呼んでいることを知りました

静かな夜にひそひそと
憂いの瞳に涙をためて
凝視《じっと》わたしの霊魂を刺しにくる
秘密のなかのビーナス
誰も知らない
わたしだけのエロス
震える身体を秘めて
もうすぐ旅立ちます

あれは小雨が足許を濡らす日
意《こころ》が乾いて
縛りの糸がほつれた隙間に
あなたはわたしに火を点けた
その時　はじめてわたしはあなたを知り
わたしの胸に釘を打ちつけた

あなたは辺地の彼方に住んでいるのですか
鹿の泣き声をピューヒューピューと

聴こえぬものは山びとではないと首をふる
猿の道行きに会えぬものは
人の臭いに包まれていると姿を隠す
黒蛇が草むらから身を出す鋭眼を知らぬものは
へんど辺土を歩むものではないと
奥深い辺地から微かな声で誘いに来る
あなたの胸
まだ知らぬあなたの胸
その胸に飛び込んで
わたしの垢離を取りましょうと
遙か彼方から魅惑をふりまく

わたしはあなたを知りません
あなたが何ものなのかも知りません
わたしはあなたの何を探しているのでしょうか
わたしのなかで既に風化した
わたしのエロスでしょうか
わたしだけのビーナスでしょうか

それとも
黄泉に隠れた母胎でしょうか

耳元でささやくあなたの声
わたしを振り動かす声
その声に誘われて
わたしはあなたに会いに行きます
あなたの笑顔を思いにこめて
あなたに会いに行きます

1　海辺の路を指すと共に修行者の行動を含む。辺地は下賤の辺地、極楽世界の辺地と諸説あり。『今昔物語』一七に極楽世界の辺地とは、氷炭相反するところの醜悪な辺地とある。この考えには『粟散辺地』つまり仏教の教えが行き渡らぬ程仏国土から遠く離れた小さな国という観念に基づく。『四国遍路と世界の巡礼』（宝蔵館）四二頁

2　うじとは獣道、カモシカ道を指す

3　遍路用具には、金剛杖、菅笠、納札、念珠、白衣、頭陀袋、納経帳、経本、輪袈裟など。『四国八十八ヵ所』平幡良雄　札所研究会　昭和四四年　二六頁　および独特の巡礼衣を着ることには、特別な効果がある。巡礼者たち各自が俗界でもつ区別や差別を最小限にする。さらに巡礼者同士の

連帯を強めるなど　『巡礼』星野英紀　七六頁

4　巡礼は文字通り他界への旅　『巡礼』星野英紀　講談社現代新書　七五頁

5　巡礼とは日常的世界からの脱却、聖地（非日常的世界への）一時滞在、日常世界的世界への帰還の三つの段階構造を持つ。前掲iv　六二〜六三　および通過儀礼にも分離、移行、再統合という共通する三段階を持つ。通過儀礼とは、人間の誕生、成人、結婚、死という一生の節目に行われる各自の宗教的儀礼をいう。A・ファン・ジェネップ　『通過儀礼』思索社参照

6　君が新しい種子になれないのは、君が過去にとらわれた人だから。一日中歩き続け疲れ切った君の身体は、今、土の音を聞こえだした。それは小さなガサガサした音だった。そして少しずつ種子になった。そこから地上の上に向かって戦っているものがある。それは小さな芽だった。種子は生れなければならない・・・。『星の巡礼』パウロ・コエーリョ　角川文庫三六〜三九頁　引用加筆修正

7　場所を意味するギリシャ語

8　ユングによれば、人生は究極の目標たる死への準備にほかならない。死は人生全体の目標なのだ。人生の上昇も、その頂点さえも目標に、つまり死に到達しようという目的の階段であり、手段であるにすぎない。人間一生の課題である目標としての自己実現は、とりもなおさず死への準備ということもできる。『宗教心理学』　松本滋　東大出版会　一六〇頁

9　エリクソンは人間の心の深層に潜む宗教的ノスタルジアの源泉には、母胎との幻想的な一体感を求める、素朴ながら熱烈な願望がある。次いで、父性的なる教導的良心の声、これに和解を求める願望が源泉となるノスタルジア。そして、未だ生れざる出生以前の創造の中核たる純粋な自己そのものが源泉となる。それは親以前の中心であって、そこでは神は純粋の無であり、このような純粋自己は善悪の対立葛藤に悩むことなく、また母性的な存在にも父性的な導きにも依存することが

ない。意識的自我を超えた自分なるもの、ユングのいわゆる自己の概念に近い。『宗教心理学』松本滋　東京大学出版会　八四～八九頁

10　アメリカの人類学者　ジェームズ・プレストンは、聖地を構成する要素として四つ指摘している。その一つに奇跡的治療が含まれている『四国遍路の宗教学的研究』星野英紀　法蔵館　三八頁

11　辺地はおよそ八百十年頃の阿波、土佐、伊予、讃岐の四カ国の獣道。転じて遍路と成就する。その経路四百八十八里に及ぶ。川の数四百八十八川。坂の数四百八十八坂に累々とする

12『今昔物語集』巻三一―一四から引用加筆修正。五七七頁

今は昔、仏の道を行ける僧三人伴ない、四国の辺地、海辺を廻るなり。其れを廻りけるに思いかけず山に踏込にけり、深い山に迷いにければ、浜辺に出でる事を願いけり。以下略及び辺地の悪さは『ようちょう羊腸行脚のきもをけし、はるかに沓に入家なふしては、岩をる水に枕をかたむけ遠く客舎をては、山を雲をしとねとせられしままに方を哀れむ心せち』とある。『四国遍路道指南』序　真念七〇頁

13　不老不死の世界

装束は『忍辱袈裟をば肩にかけ笈を負い、衣は何時となく塩たれて四国の辺地をぞ常に踏む』と一様なり。『梁塵秘抄』日本古典文学全集　小学館　二七七頁引用加筆修正

14　補陀落渡海の信仰は、平安時代末期に紀州の熊野、大坂は四天王寺の難波を舞台として始原し、やがて辺地の修行地、四国は土佐国の室戸津と足摺岬、伊予国の志度の浦に広がりゆく。以後、この地は浄土に向かう者の入り口として渇仰されてきた。その実は、生の障りを秘めた巡礼者が、この海に入水し、捨身往生を求めることにある。

辺土というこの地の果てに立ちて、いざ浄土へと決意し、今まさに出舟に乗らんとする間際にも、

なを、巷の情に思いを寄せ切なさを謳う、高僧あり。その高僧とは、弘法大師空海遍照金剛菩薩をいう。『法性の室戸といえば、我が住めば、有為の波風よせぬ日ぞなき』『和歌・歌枕で巡る日本の景勝地』ピエ・ブックス　二八八〜二八九頁

15　渡海する港として室戸津、足摺岬、志度の浦が伝えられている

16　常世の国、補陀落浄土への渡海の希求の根底には、コスモスと繋がりたい、つまり無限なる自然の空間に入りたいという願望が存在しているのではないかと推測される。『人類の宗教の歴史』Frederic・Lenoir トランスビュー　三二六〜三二七頁

17　遍路は、平安仏教にあきたらず、一部勢力が山岳仏教化の変転に照応した。山岳信仰の修験者らは、超能力的霊験を得られる修行の地として世俗の外にある未開の辺路を設けた。凡そ八〇〇年を経て巡礼の道、遍路となる。修験者は初期の山踏みから、山臥、山伏と転じる。遍路には、信心遍路、遊山遍路、転落遍路、口減し遍路、病気遍路、罪業遍路、乞食遍路および病死遍路と多種あり。

18　遍路として確立する以前、山岳修行者は四国遍路の地を修行地とした。その主な修行には、五穀断ちや比叡山の荒行である回峰行も巡礼と言われていた　前掲iv　七六頁。岸本英紀によれば、修行とは身体を通して心を深め鍛える営みだとする。心に何か理想の目的をもち、その実現を図るために身体や行為に様々な工夫をこらし、適当な制約を加え、それによって心を深め鍛えてゆくのが修行だとする。さらに、神秘修行には座禅の作法、公案、ヨーガ行法における数息観、念仏三昧、ロヨラの霊躁、祈りなど色々な修行の様式があるという。『宗教心理学』松本滋　一七七〜一八〇頁

19　V・ターナーは『儀礼の過程』で、宗教の世界こそ、コムニタス価値を実現する。巡礼はその典型のひとつと述べ、さらに日常的構造世界を一時離れ、非日常的空間と時間のなかで、真に人間的な営みを体験する。これこそ巡礼のもつ構造とした。高群逸枝は『お遍路』のなかで、（一笠一杖に身を託すれば、既に同行の一人であって、すべて平等に取り扱ってくれて、貧富、賢愚、上下の

差別をつけない）と語っている。さらに小なる桎梏に囚われる事なく一切を豊かに愛する事が出来る。これが我々の理想郷ではあるまいか。といい愛、遍路愛は、相互愛、平等愛、犠牲愛を包含しているという。犠牲愛とは、己を空して他を愛するという立場を指す。九九頁他

20 『講座日本の巡礼』第二巻　前田卓　六三〜六四頁

21 今を生きる者たちは、伝統的口承社会の回帰を熱望しているのだろうか。コスモスと一体化して、自然の中で生れ、生き、死ぬ。自然は人間の揺りかごであり、家であり、墓である時代へ回帰を。そこでは自然を、すべての生きものの「大いなる母」と見なして、動物は「兄弟」であり、人間は自然よりも優位とは思っていなかった時代へ。前掲『人類の宗教の歴史』Frederic・Lenoir トランスビュー　三一八頁

22 曼荼羅（古来から宗教伝統に使われている。それは分化対立したものが高次のレベルで再び統合され、究極的な安定調和に至った世界を表象するという）とウロボロス（自分自身の尾を呑み込んで円環状をなした蛇で分化対立以前の世界を表す）は二種の円環シンボルであり、螺旋のイメージで統一される。螺旋は単なる円環ではなく、無限に上昇、下昇する渦巻きである。古来、螺旋は宗教伝統のなかで生きてきた。螺旋が終わりと始まり、死と再生、根源と目標という究極的な両極性を統一している　『宗教心理学』松本滋　東京大学出版会　一六三〜一六四頁

23 仏教の発祥の地、バラモンの者たちも人生の意義を求めて、すべてを放棄し探索のために旅たった。『人類の宗教の歴史』Frederic・Lenoir トランスビュー

24 礼所は修行旧跡を霊場化し、永禄十年に成立する。阿波は発心を支える地として二十三寺、土佐は修練を科する地として十六寺、伊豫は菩提に至る地として二十六寺、讃岐は涅槃成就の地として二十三寺の八十八箇所と定めぬる

25 数多くの霊場が行程のなかに配置されている一種の円周的軌跡をたどる点に特徴がある　『旅の

なかの宗教』真野俊和　NHKブックス

26　八十八の由来には、在世に在住するする「三五仏」（さんじゅうごぶつみょうれいさんもん三十五仏名礼懺文の三五仏）と過去世におわす「五三仏」（かん観やく薬おう王やくじょうに薬上ニぼさつきょう菩薩経きょう経の五三仏）の八十八仏を指し、衆生に降りかかる見迷（思想的な迷い。三道（修行の三段階。見、修、無学）のうち見道で断ぜられる）の煩悩を滅する。あるいは人の災厄合わせて八十八（厄の内、男の大厄四二歳、女の大厄三三歳と子の厄一三歳を合わせて八十八を指す）をいうと諸説あり。さらに米という字を分解したと言う説やインドでは元来八が神聖なる数であり、それを仏教が取り入れ八十八とした説がある『巡礼』野村英紀　一五一頁

27　刷新の心に次第に高められ、深められていく境地『空海密教と四国遍路』大法輪閣　小峰一二六頁

28　イヤダニマイリ（弥谷参り）という風習が仏教の管掌以前より存在していた。これは死霊、祖霊を供養するもので、葬儀、初七日忌、四十九日忌などに行われる。また死霊、祖霊が集まる寺として十ヶ寺があり、弥谷寺周辺が死霊の集まる山として信仰を集め、最も著名の山寺と言われている。『四国遍路の宗教学的研究』―その構造と近現代の展開―　星野英紀　法蔵館　一一二～一一四頁また古来から死霊の行く山と信じられている寺　『聖蹟巡礼』第二「日本の巡礼」雄山閣　七九頁

29　鳴門の渦

30　いずことは、捨身山、捨心山のいずこを指す

31　仏教の修行形態は、歩、声、座の三形態があり、歩とは歩くことであり、苦行によって極限状態に身を置き、そこから霊験を得る行為。『聖蹟巡礼』三好昭一郎　雄山閣八頁

32　道の辺に阿波のへんろの墓あはれ　虚子

33　『四国遍路の寺』五来重　角川書店　平成八年　八五頁

34　徳島県由岐坂峠（平等寺から薬王寺への辺地）
35　太龍寺から捨心ヶ嶽をこえた地域
36　井手とは田の用水をせき止めてあるところ。ここではせき止めている用水を流している様を指す
37　儒教の徳、孝、恭、慈などを指す
38　オーエス劇場　大阪市西成区山王に在る大衆向け劇場。
39　歩くことは、苦行によって極限状態に身を置き、そこから霊験を得る行為
『聖蹟巡礼』真野俊和編　雄山閣八頁
40　『生期、今幾ならず、汝等好く住して、仏法を慎み守れ。吾永く山に帰らん』『弘法大師空海全集』第八巻　空海僧都伝『遺告入滅』真済記　一二頁「この世は旅にあって旅館暮らしをしているようなもので、人が死ぬのは命の本家に帰ること」『空海密教と四国遍路』寺林俊　大法輪閣　二一頁41　山人は時々村に下りて祝をする。『万葉集』巻二十　巻頭　前掲『四国遍路の寺』九〇頁　山里からのみやげ
42　アイデンティティ
43　徳島県海部郡由岐町阿部の海
44　徳島県海部郡日和佐町恵比寿の海
45　母親は子供を許し、包容する存在であると同時に、子供をいつまでも自然的世界あるいは第一次的紐帯に縛りつけている力。母なる神とは、原初的母子一体性の段階にその心理的根拠をもち、無条件的包容性（母性原理）を主要原理とする神。『父性的宗教　母性的宗教』松本滋　東京大学出版会　三四～三五、八九、一八九頁他
46　徳島県日佐和町日和佐湾

47 弘法大師空海

48 『最澄・空海集』日本の思想 渡辺照宏編集 第一巻 筑摩書房『秘蔵宝鑰』序 一九〇〜一九一頁 引用し加筆修正

49 『弘法大師空海全集』第六巻 九想の詩 六八八頁 引用し加筆修正

50 大いなる魂 『アルケミスト』パウロ・コエーリョ 角川文庫 二九頁

51 ここでは狭義、規範、説教をいい、これらが超合理化された西洋宗教のキーワードに成り下がった。前掲『人類の宗教の歴史』Frederic・Lenoir トランスビュー 三二五頁

52 ティリッヒによれば、主体客体の間の裂け目が克服されているかいないかによって、真正の信仰と偶像崇拝的信仰に区別される 『宗教神学』松本滋 東京大学出版会 四一頁

53 宗教とは何か。宗教の概念規定は岸本英夫のいうように、作業仮設的性格のものである。宗教とはかくあるべきという絶対不変の断定ではなく、研究の進化に伴って改められる側面を持つ。宗教の概念は大きく三分類される。それは(1)従前からの宗教の定義。(2)聖の観念や体験を中心とした定義。(3)究極性を中心とした定義がある。従前の定義には、リューバが一九一二年に発表した『宗教の心理学的研究』に四八種の定義を公開した。我が国では、一九六一年に文科省宗務課編『宗教の定義をめぐる諸問題』を刊行し、一〇四種の定義を挙げている。
岸本英夫は『人間と宗教』で、宗教は二つ（上の重心、下の重心）の重心をもつ、いわば楕円形的なもの。上の重心とは、宗教の理想目標、絶対者、宇宙的根本原理、神など向こう側の問題。下の重心とは、人間の問題、信じる主体の側の問題とした。この他、宗教とは神、あるいは神的存在を信ずる営みと考えたものに、マルティノ、フレーザー、マックス・ミュラーがいる。マルティノー(James Martineau)は、宗教とは永久に存在する神に対する信仰を意味し、宇宙を主宰し、人類と道徳的関係を保持する神の意志を奉ずることであるとした。宗教とは、自然の運行と人間の生命の

動きに命令しそれを支配すると信じられる超人間的な諸々の力に対する宥和または慰撫にほかならない（James・G・フレーザー）、宗教とは無限の認識、人間の道徳的性格に影響を与えるような無限の認識である（マックス・ミュラー　Max Muller）など。タイラーの宗教とは、霊的存在への信仰である（E・B・Tylir）と主張したが、この考え方が初期宗教の定義の代表と言える。他方、人間の心のありかたに焦点を合わせて、その特徴から宗教を規定したものに下記がある。宗教は、絶対的依存の感情であり、神すなわち無限に対するあこがれである（Friedrich・Schleiermacher・ショライヘルマッヘル）といい、人間の主体的状況の特殊性に力点を置いている。マクドゥガルは（William・マクドゥガル）宗教情躁である崇敬の情を特色とするとした。さらに尊敬の情とは、畏敬、感謝からなり、さらに畏敬は賛嘆と怖れ、感謝はやさしさの情と否定的自己感情という情動から成り立っている。神の存在あるいは超自然が宗教の本質ではない。人間が理想目的のゆえに、それを達成するために障害と戦って遂行される行為、生命の危険にもかかわらず普遍の永遠の価値の確信のゆえになされる行為という。（ジョン・デューイ john Dewey）。他には、宗教とは命の拡充、人間主体の生が祐を求めて働くこと。いのちがいのちしてゆくこと（石橋智信）などがある。

宗教の定義を聖の観念などを中心とした概念には以下のものがある。オットは宗教的感情とは、ヌミノーゼあるいはヌーメン的なるものの実在の体験を基礎としている。ヌミノーゼとは、一方で人間を畏怖せしめ、他方、人を魅惑してやまないところの神秘であるという。デュルケムは宗教の基本的特色は聖俗二分観のなかにあるという。彼は、宗教とは聖物、分離され禁忌された事物と関連する信念と行事との連帯的な体系であると。教会と呼ばれる同じ道徳的共同社会に帰依するすべての者を結合せしめる信念と行事との連帯的体系であるという。

宗教の定義に究極性の概念を取り入れたものとして、宗教は、一定の集団をなす人々が人間生活における究極的諸問題に取り組むための信念および行動の体系である（J・Milton・インガー）、宗教とは、人間の究極的関心を表出し、かつ喚起するところの象徴の体系である（松本滋）などがある。詳細は各思想家の執筆資料を参照。および『宗教心理学』松本滋　東京大学出版会　三〇～四八頁他
一巡礼者の高群逸枝は、宗教とは何ぞや。人心の最高理想に対する熱望およびこれに達せんとする大道と述べている。『娘巡礼記』岩波文庫　五八頁
54　ヴィクター・ターナーは、社会は社会構造として分化し、人間はそのなかにおいやられ階梯づけられて、差別を必然とした。構造における人間は、世俗的諸制度の地位によって評価を受け、固定化され、不安、攻撃性、妬み、怖れ自利心といった情緒的反応に満たされている。『四国遍路の宗教学的研究』星野英紀　法蔵館　五九頁
55　『娘巡礼記』高群逸枝　岩波文庫【少女よ、とわに麗しく、とわに慎ましく、とわに情け深く、とわに優しく、とわに清く、うつむきて物思う野べの可憐なる白百合の如かれ】一八二頁
56　ここでは聖なるものを阻害する概念を合理化とした。『聖なるもの』オットー　久松英二訳　岩波文庫　一一、一三～一六、一八～二一、九六頁
57　静かに微笑め、寂しく思え。天を仰げ、人生を望め。而して一切を熱愛せよ。然りわらわ若し。詩わん泣かん、燃え狂わん。而して閑かに月光の小径を逍遙し、落日の山に佇立せん。『娘巡礼記』高群逸枝　岩波文庫　九四頁
58　慈しみのある身体での行動を身業、慈しみのある言葉の行動を口業、慈しみのある心での行動を意業といい、ここでは悪意のある身業、悪意のある口業、悪意のある意業と修正利用した『ブッダ最後の旅』中村元訳　岩波書店　二一七頁
59　小舎とは庵を指すが、ここでは自分自身とした『ブッダのことば』中村元訳　岩波書店　一四頁を修正
60　『ブッダ最後の旅』中村元訳　岩波文庫　二〇八頁

61　筏とは仏の教えを意味する『ブッダのことば』スッタニパータ　中村元訳　岩波文庫　二五一頁

62　筏は木切れなどを取り付け固めたもので大きいいかだを指し、桴は蔓草などを用いて造ったもので小さいいかだを指す 前掲六〇　二三二頁

63　海の彼方に存在すると言われている浄土

64　牧婦とは妻を指す　前掲六〇　一五頁

65　貪とは、食物、装飾品、男、財を貪む 前掲六〇　二五一頁

66　自活とは、他人とは精神的にまったく独立して生きてゆく事　前掲六〇　二五一頁

67　精神的には全く独立して生きてゆく強い確信を持っていた。それが高らかな誇りを成立させる　前掲六〇　二五一頁

68　母胎に入るとは、生まれかわることを意味する　前掲六〇　二五二頁

69　死に臨んで心乱れず往生を信じて疑わないこと　前掲六〇　二二五頁

70　眼のある方とは、仏の異名　前掲六〇　二五二頁

71　ここでいう信仰とは帰依につながる信仰の度合いをいう。詳細は参照

72　信仰とは、究極的関心としての信仰とは、人間の全人格、全存在をあげての営みであって、一部分、あるいは一機能だけの動きではない。人間の心理的活動の三側面、認知的、意志的、情緒的な全てを含み、かつそれらを越えた全体的な心の働きである。理性的合理的な心的過程と無意識的非合理的な心的過程の両極を包含しつつ、しかもそれらを越えた独自性をもった心の動きである。究極的関心とは、究極的と体験されるものへの関心である。さらに究極的関心への動因は、人間は有限な存在でありながら、無限なるものを心に思い浮かべる。それが自らの内なる潜在的可能性として働き、

人間をしてその実現に駆り立てる。宗教的象徴は、聖なるものの顕現であるという。宗教的象徴そのものは有限なるもの、俗なるものであるが、それらを通して無限なるもの、永遠なるもの、究極的なるもの、そして聖なるものが現れるのを、人間は感得するというのである。ティリッヒは信仰の構造のなかに、いつでも懐疑の要素が内含されているべきである。それは信仰を否定するものではなく、むしろ信仰の自己批判的要素として信仰を高める働きをする。そして信仰は人生を一層豊かにする。『宗教心理学』松本滋　東京大学出版会　四〇～四二、四六～四八頁
岸本英夫は『宗教学』のなかで信仰とは（心のなかの宗教的なかまえだ）としている。かまえとは、おこないに対する言葉で、人間の人格構造内部に形づくられていて、行動を基礎づけ方向づける態度あるいは準備体制というものを意味する。さらに信仰体制を請願態、希求態、諦住態の傾向があるという。『宗教心理学』　松本滋　東京大学出版会　一二六～一三五頁

73　ブッダを指す

74　禍福の因とは、正しい道以外の見解、伝承の学問、戒律、道徳、思想を禍福の因子とした　前掲六〇　一七八頁

75　悪魔とはパーピマンを指す前掲六〇　一七頁
仏教の悪魔を表すサンスクリット語の Māra は阿含経『相応部』の「悪魔相応」（マーラ・サンユッタ）に書かれている。この語が魔羅、悪魔などと漢訳される。仏典にみられる悪魔の名称には天魔、波旬（パーピーヤス）、魔羅マーラ、パーピマンなどがある。

76　注を参照

77　釈迦および釈迦以前に存在した七人（毘婆尸＝びばし、尸棄＝しきなど）の仏

78　尊敬・供養を受けるにふさわしい人、仏や羅漢　前掲 i 二一一頁および明瞭国語より

79　師つまりブッタのことば　前掲 ii 一七頁

参考文献　①『ブッダ最後の旅』②『ブッダのことば』③『真理のことば』　何れも中村元訳　岩波書店

80　天地の万物を創造し、化育すること。広辞苑

81　彼のものとは弘法大師空海をいう。空海とサンチャゴ巡礼でのヤコブは聖界と俗界の媒介者であるという『巡礼』野村英紀　一八〇頁

82　両膝、両肘、額を順に地につけて尊者、仏像などを拝すこと　広辞苑

83　行とは、行いを通して心を鍛える営みである。狭義には、心を鍛え理想を体験のうえに実現しようとする行為である『宗教現象の諸相』岸本英夫　大明堂　七十九頁

84　雑念雑想を克服した心的境地の極地は無念夢想な純一な状態である。無念無想とは、一切の妄念を離れること。『宗教現象の諸相』岸本英夫　大明堂　九十九頁

85　虚空の蔵するすべてのものを蔵する（大地に在る全てのものを持ち）のが虚空蔵菩薩であり、頼んだことは何でもかなえてくれる仏様で宝の神様ともいう。梵語の名称はAkasagarbha『四国遍路の寺（下）』五来重　角川書店　八七頁

86　宗教の役割は、体験的、論理的にも生と死、人間と神、現世と来征という両者の断続を多少とも減少化しようとする両者の架け橋、媒介的存在である『巡礼』野村英紀　講談社現代新書六一頁

87　求聞持法は虚空蔵菩薩を本尊として、百日の間に虚空蔵菩薩の真言を百万遍唱えると、すべてのものを暗記することが出来る

88　なんじょとはどういうふうにあろうとも、どんな具合であろうとものの意

日常的な枠組みを越えた問題は、日常的な宗教生活のなかでは解決されない。それは生々しい直接的な宗教性が枯渇しているからである。そこで非日常的な存在へ救済を求める。この枯渇した宗教

性を補充し理想の実現、体現を求める試みこそ巡礼の姿である　『巡礼』野村英紀　一〇四頁

89　発心の道場阿波の結願寺は薬王寺と定めあり。『みな人の病みぬる歳の薬王寺　瑠璃の薬を　あたえましませ』と御仏の詠歌は発す。ここには百三十六余の階段がそびえ、一つ一つの段に一つ一つの薬師経の祈りが埋まり、信者の登りを導いている。あまねく衆生の一生をたとえている。大厄の者が上る際には、これからの人生を切り開く覚悟を示すために、新しい草履に履きかえて上らなければならないという。そしてご本尊薬師如来（衆生の現世利益を司る）を参内する。その作法は段一つ一つにお賽銭を落として行く。まずは女厄坂三十三段を上り、過ぎると絵馬堂があり、そこからは男厄坂四十二段となる。さらに六十一段のほんけがえり本卦還り坂がある。上りきると人の心を映し続ける鏡・瑜祇塔が聳え、天と地の和合をしるし徴として、天に伸びて万物を豊にする祈りと皆人の病める歳に瑠璃の薬が恵与されるという。

90　「自己風説」は paulo coelho 記述の『The Alchemist』harper collins publisber の『個人伝説』を引用して修正し自己風説とした。自己風説は個人伝説の意味と同じ。個人伝説を達成することは、人間の唯一にしてユニークな義務である。それを達成しないなら、我々の人生は悲しく、失敗という後味が残るであろう。もし実現できれば、我々は熱狂する。それゆえに「個人伝説」を特定し、内面的に躊躇することがあっても、外面的に障害があっても、それに取りかかることである。この探究に取り組めば、個人が「個人伝説」を実現できるように「宇宙が協力してくれる」ので障害は蒸発してなくなる。これは「アニマ・ムンディ」（世界霊）プラトンの考え方、つまり宇宙のすべてのものを生かしているものと自己完成の概念を統合した考えかたを「個人伝説」とした。『人類の宗教の歴史』Frederic・Lenoir トランスビュー　三三六〜三三七頁

91　八坂八浜は徳島県南部、牟岐（むぎ）町から南西へ海南町浅川につづく延長 12km の海岸。八つの坂と八つの浜があるとして名づけられた景勝地で、入江と岬が交互にあって変化に富む。室戸

阿南海岸国定公園に含まれ，特に牟岐町白木までの北半部は桜の名所で，街道の木の間から青い海が見えがくれする

92　アルファヨムのオアシスの意味

93　『娘巡礼記』高群逸枝から下記に引用。【そうだ、そうしよう。生も死も天命だ。否、信あるところ何も怖れん。行こう、行かねばならぬ。無一文で行かねばならぬ】岩波文庫　四七頁

94　へんどとは邊土（辺土）を巡礼する者をさし、体よく言えば法捨を受けつつ、体悪く言えば乞食をしつつ巡礼するのでこれをヘンドという。さらにヘンドは乞食をして廻るのが本体であり、ヘンドは乞食をするのが修行で、弘法大師も乞食をされた。喜捨を受けて巡礼する宗教的な極と、乞食＝物貰いという極の両眼的な捉え方、この両者をつなぐ言葉がヘンドであった。『巡礼の文化人類学的研究』―四国遍路の接待文化―浅川泰宏　古今書院　四四〜四九頁

95　これまでいかなる哲学的思惟にあっても、真理などにさらさら問題ではなく、あるまったく別なのもの、つまり健康や未来や成長や力や生命・・・が問題であったのだと。

『喜ばしき智恵』Ｆ・ニーチェ　河出書房新社　十二頁

96　徳島県阿南市新野

97　さかせ河の蜷貝を指す　『巡礼の文化人類学的研究』浅川泰宏　古今書院 八二〜八四頁

『功徳記第九話』阿州小野の尻なし貝に、渡る人の足にたちてなやみけり。一人の遍路僧とて、加持しければ、貝のとがりたつ所まるく・・以下略

98　勾配四五度の急坂で、身軽にならない限り登れない。『四国八十八ヵ所』平幡良雄　飯沼山福寺内札所研究会 一六三頁および険しい山路、土佐の難所『空海と歩く四国遍路』三好和義　小学館　一三四頁

Ⅲ章　ゆらぎの根

過去の水

わたしの過去は何をしていたのだろうか
わたしの意志はどこにいたのだろうか
これまで積み重ねた苦悩や嫉妬や羨望や自己欺瞞はすべて
合理化[1]のなかなのか
少しも聖なるものに触れ得ることのない過去が沈殿しているのか
これらはわたしの闇夜なのか
わたしはわたしを知らず
これまでの日月をいともたやすく捨て去ってきた
過去の影が心身を呪縛して硬直している

余りにも数多の人間が生存し
未成熟な人間をことごとく経済社会に囲い込む
人間の共存という合目的性の旗印のもと
ひた走る機関車が縦走する[2]
魚が空中に飛び跳ねるように
我執の形骸が見え隠れする

この世界にあるのは格差と優越の美酒
栄光の一瞬を鮮明に写しだす映像は
時《とき》に晒されて空回りを演じている
わたしの鏡は曇りガラスになった
こころを脈々と打ち鳴らした栄光は仮面だったのか
見事に無の堆積となった
結実の成果と錯誤したものは陰影となり
充足の思いの欠片も臭わない

わたしの過去
大自然の青い海も新緑の山も陰鬱の森も
母の胸のように広がる草むらも
太陽の陽のもとでお伽の国となった道すらも
一瞬のうちに素通りしてきた
何も見ようとしなかった過去
この事実をわたしの意志はどう裁くのだろうか
過去の意志は泥土に沈み
一切の真理は不在と突き放すのか

それとも・・・

わたしの正体

わたしはなにものでしょうか
すべての一切のものはなにものでしょうか
わたしはどこにいるのでしょうか
すべての一切のものはどこにあるのでしょうか[3]
万物は悠々と存在しているのに
何も知らないのはこの自我
万物は無限の宇宙のなかで
常に流転しているのに[4]
羽根のない自意は右往左往
表象空間で歴然と存在するこの落差は
何を告げているのか

限りの時空で生をつむぐ

一即一切《いっそくいっさい》[5]は真実を写して
儚き一切即一《いっさいそくいっ》の真理は
すぐさま塵と散る
わたしの識見は一即一切の縛りに落ちて
虚空のなかに
しばしは常住しているだろう
生きものとして
生命《いのち》がこの世で鼓動している合間は

恵与は

生[6]ある万物よ
おまえは原始からことごとく恵与してきた
それは聖あるものの高配なのか
それとも人間を安穏な生に閉鎖する罠なのか
悠久の時が流れども
聖なるものは黙している

口承は謳う
愛すべきものたちよ
聖あるものの栄光に浴せと
天空は永遠なる繁栄を称え
その響音は瞬く間に地表を駆け抜けるだろう
わたしはおまえたちの創造主
糧と智と慈しみを与え
日々の苦悩に落ちているおまえたちを救ってきた
わたしはそのようなおまえたちが
こころを尽くしてわたしを愛していることを称え
万物を恵与するのだ
万人のものよ
わたしたちの恵みにあずかりなさい[7]

一気に語り終えた語部は
奮える唇を噛みしめながら
聴衆たちを一瞥して放言した

この啓示ははたして真なるか
それとも時の移りが死語とせしめ
神話に貶めたのか
さあ　考えろ
荒れ狂う潮がそこまで迫っている
聖なるものが警告していると
おまえたちの心身は感受しないのか

現時に生きるものへの警鐘を聞け
安寧と飽食を巡らし
心身に享楽[8]を満杯にして
破滅の道をひた走る工作は
見えざる井戸[9]に落下させる小細工と知れ
これは終末へ行進する恐るべき破滅への道

ああ　哀しいかな人間よ
おまえたちがたかが四千年のかなたから
創造してきた叡智とか倫理とか

ありとあらゆる文明の資産は
ことごとく陳腐したのか
人間よ人間の叡知をどこに隠した

表象の空間を我が物顔に飛び回るものよ
有限の奴隷となりはてたものよ
聖的なものを合理的な言語で語るものには
人間の感性は見えざる空間に届かない
いにしえから予知不能の鞭におののいた
人間の習性に閉じこもるものには
瓦解の足音は聞こえない

ゆらぎの現象

昏迷の世にコロナ禍は完膚なき衝撃を増幅させ
感染死という殺人兵器で地表を侵犯している
成長思想の神話は崩れ落ち

人間優位の生活基盤を崩壊した
狼狽する世界のリーダーたち
かれらは経済優先の立場を鮮明にして
人間の生命を軽んじた
数十億に及ぶ貧困者や高齢者を切り捨てた
経済優先にひた走る首長は我々の同胞か
人間の姿をした野獣か
かれらは自らリーダーたる資質を捨て
深い地下に隠れてしまった

しかし圧倒的大衆の人意には
反抗の発芽すら目覚めない
同世代の住人でいながら
豊潤の果実で文盲に堕落し
笑劇を演じている愚かなものたち
人間を培った摂理の理も
どうせ奴らは何もできやしないと嘯いている
しかし今も

聖なるものは発している
地球を覆う楽園は仮想する奈落だと
豊満な自然の果実を怠惰に堕としめる罠にしたのは
おまえたち人間だ
生《せい》するものすべてのものよ
この事態を憂慮し
蘇生の鞭で自らを撃て
おまえたちの理法が覚醒するまで撃ち続け

戒告の告知は空砲となり天地をかけて
不明の空間にきえてゆく

人間界の支配者は
優位なるものは、常しえに優位であらねばならないと
困頓と貧困と格差を企図するデマ[11]・コークに成りはて
民衆を分断する作意を巡らしている

奴ら支配者はリーダーか

否　完璧な偽善者だ
うわべだけの奸策をはりめぐらせた愚弄者だ
しかし
現時は奴らの手中にある
もう我々はお手上げだ
奴らは民主義という隠れ蓑に潜んで差配している

我々の祖先は泣き臥している
土の下から森の茂みから洩れてくる祖先の声
泥を纏った祖先は
豪雨に人形《ひとがた》をなくし土となりはてても[12]
木の祖先は温暖化で枯れたて
森の猿になっても[13]
現世の我々に熱い思いを発している
孤立無援のものたちよ
おまえたちに猶予はない
現有するものの根絶を高らかに宣告せよ

おまえたちは儚い有限の生き物
しかも機械仕掛けの生身の人間
この生態と習性はいやというほど知っているはずだ
眼前の運命を噛みしめて
今すぐ反抗の黒煙を上げろ
そして原初の自然と人間に還る決意をかためろ

大衆よ
圧倒的大衆のものたちよ
闘争を開始せよ
内に秘めたる意志を引っ張り出して
おまえたちの真の意志を示す時だ
何も恐れることはない
おまえを躊躇させる
もうひとつのおまえの意志を黙殺するだけだ
たとえ石塊と化した心身だとしても
おまえたちの意志の大半が
この世の風のなかに霧散したとしても

心奥から真の思いを突き出せ
これは幻想や妄想ではない
絶対の真実だ
驚愕の事実を全身で受胎せよ

大いなるものへ

人間の欲求に踏みつけられてきた大地
それでもなお生あるもののために
自然を創り続けたすべてのものよ

芳醇な果実をもたらす山河
癒しつづける緑陰の森
人間の仲間となった犬猫さえ
理解不可能な言語で
人間が人間たるゆえんは何かと

今こそ
原初の人間に戻れと輪唱している

人間と人間の理法の不調和が
地表の合目的性のリズムを破壊し
人知の及ばない時空の
大自然と人間の併存のメカニズムを瓦解した
隠然と君臨してきた絶大なる秩序は
破綻し退廃へと堕ちた
大いなるものの生命の成長と持続の
基盤を自壊に引きずり込んだ
最悪の事態の最悪の結末をもたらしたのは
現に生きる人間たち
永遠の罪業を犯したもの
深淵の罪は計り知れないと知っているのか

聖なるものよ
教えてくれ

人間には何が欠けていたのか
何があれば人間で
何がなければ人間ではないというのか

人間は闇なのか
空虚な無なのか
人間に与えられた世界は
無限の表象
人間に見える世界は
自己が織りなす思惟のイメージ

いくら人間を覗きこんでも
見えるものは
内と外の二つの世界
この単純のなかに
すべてが入り込んでいる真実[14]

聖なるものよ

最深の愛の神アガペーで全身を打ち叩いてくれ
高らかに反抗する意志を振るい出す
大いなる勇気を与えてくれ
この石の塊となり下がった魂を再生するために
人間が人間たるために
我が血に連なる子々孫々のために
だれもが父なる天空の青天白日のもと
だれもが母なる大地に抱擁され
人間愛が永久《とわ》に約束された
天地に蘇生するために
生命《いのち》と尊厳と誇りをかけて斬新の大鉈をふるい
往古を再現する人間の時空へ
人間のユートピアの時空へ

真理の園

へんろのみちには

まだ知りえぬ
真理が咲き誇っているのかもしれない
真理には
バウボ[15]なる性と艶笑の女神が乗り移っていると
彼のものは冷たい微笑《ほほえみ》を浮かべながら
真昼に入り込んで行った

いまだ知りえぬ真理は
妖艶の痴態を真綿の衣に隠し
甘美をふくんだ声で魅惑する
わたしの全身を虜にし
わたしの全ての心を
飲みほして放さない

このみちの向こうに
真理は隠れているのだろうか
わたしの思惟を舞台に
強烈な演技を魅《み》せているだけなのか

それは幻の無という空間で

いや、そうではない
わたしに姿が見えないのは
わたしが未熟の森で彷徨っているからだと
全神経を研ぎ澄まして見てみろ
全霊で感受してみよ
何かが陽のなかから・・・

真理よ
おまえは春を売るものか
この理性に媚薬を擦り込み
常習の浮遊病者にしてしまった
そして
おまえは聖母のように誘う
わたしの胸の谷間で
思惟を忘れ
わたしの秘所に

時の生を射精し
すべてを麻痺させよと
耳元でささやく
永遠の魔女
わたしの信仰は真理になった

1　概念として明瞭に思考の対象にすることができる、そのようなものを合理的と呼ぶ。十一頁加筆修正　合理主義とは奇跡を否定する、その反対派は肯定する。一五頁　合理主義が扱っている対象は、非合理的側面を正当に評価して宗教体験のなかでそれを生かしてこなかった。つまり非合理的なものの真価を見落とし、神観念を一方的に合理化してしまった。一五～一六頁加筆修正　この合理化の傾向は今日でもなお支配的である。一六頁　われわれが神的なものの観念において、「合理的な」というとき、それはその観念のうちでわれわれの理解力によってはっきりと把握できる部分、われわれはよく知っており、かつ定義可能な概念の領域にはいるものを言おうとしている。「非合理的なもの」とは、明瞭さの領域の周囲には謎に満ちた闇の部分があり、これはわれわれの感性の対象とはなりえても、われわれの概念的な思惟の対象にはなりえないものである。たとえば、至福をもたらしているものの「なに」と「どのように」を、感性内での不明瞭な状態から取りだし、理解による把握の領域へと移し入れることはできない。それは純粋に感性的で、いわば楽譜を書き記すような方法で、暗示可能なものとなるだけである。これを、われわれは非合理的なものと呼んでいるのである。一三〇～一三二頁
『聖なるもの』Rudolf Otto 久松英二訳　岩波文庫

2『詩学』アリストテレース　松本仁助　岡道雄訳　三一六頁引用加筆修正　岩波書店

3　前掲 i　五十頁

4　プラトン　『クラチュロス』

5　一即の一は実在、一切は現象を指し、一即一切は実在即現象を指し、一切即一は現象即実在を表す　『空海密教と四国遍路』宮坂宥勝　一三六頁

6　命の誕生

7　Gellet ドイツの詩人『挿話と物語』前掲 i　六九頁

8　性交と怠惰と言語と知恵

9　井戸の水　面影を写してみれば　老鶯

10　前掲 i　四一頁

11　偽預言者

12『POPOL VUH』A・レシーノス原訳校注　林屋永吉訳　中央公論社　二三頁

13　前掲 viii　二五～二六頁

14　G・W・F・ヘーゲルの『精神哲学草稿 II』より引用し加筆修正

15　バウボとは、ギリシャ神話の女性。女性器の擬人化で性と艶笑の女神を指す『喜ばしき智恵』F・ニーチェ　村井則夫訳十七頁

Ⅳ章　聖なるものへ

聖なる地

阿波の辺地は海が囲い
山々の連なりと深き森にひっそりと寄りそう
ここには生《き》の色と緑の音《ね》が溢れている
人は麓の尺地を栖とし
四季の恵みをあずかる田畑と暮らしている

この辺地を奉じる神仏はいかなる神々なのか
春には田の神として五穀豊穣をもたらし
秋には山の神になり鎮守の神となる
雄大な姿を見せつける海の神は万物の生命《いのち》の源泉《もと》となり
家の神は山人《やまびと》の安寧と家の平癒を守護する

神々はすべてのものの絵模様を
想念の世界から熟視し[1]
常しえに粛々と君臨している

神の住まい

神の住む時空
そこは未知の空間
その住まいは仮設場所[2]
その世界には苦悩はなく
悲劇もないという
そればかりか
運命もなく
望みをももたないという
いつまでも変わることのない永遠《とわ》の住まい[3]
神の住まいは智慧[4]というパラダイス[5]

神には悲しさのあまり
流れでる涙を知らず
陰鬱が全身を満つる時も知らない
そればかりか

哀しみを共有して
痛みを分かち合う憐情を知らない
神にあるのは被造物[6]の楽園

神は悠久の時を住まいとする
人間の常住には有限の傘が充溢しているというのに
有限の降雨をこえて限りなく遍在する
無限の海に住むものがどうして
有限の海を知る術をもつのか
人間の根源的不安である有限の終末と
無常の儚さと無縁の神
神にあるのは虚構の理想郷

深きものの創造

深きものよ
御身はおられるのか

耳を澄まして遠きを聴き
眼を凝らして空を詳察すれど
御身に到達することはできない
いかに、なにゆえ、どこにという疑問符は
内なるこころを歪曲して
有限の井戸に出《いず》ることはない

御身はおられるのか
御身の真実はどこまでも隠されている
表象にあえぐ我々がどうしてそれを究めえようか
それほどまでに遠い
はるか彼方にひそんでいるものよ
太古の賢者が編んだ深きものの真性を
赤裸々に解きほぐすことなど
現世に住もうものたちがどうして見出しえようか[7]

聖なるものよ[8]
御身が未熟な人間を創造したのか

それとも愚かな人間が生の環に連なるために
自らの想像で神を創造したのか
人間たちを鼓舞し、激動し、高揚せしめるために
力動性[9]を結集させるために
先人的人間が
仮設のなかに神の創造を画策したのか[10]
神とは決して架空の幻影ではないと
憶説ではないと企図したのは
人間のすべてを省察した目論見なのか

深きものよ
御身は必然で無限の存在になった
存在以上の存在となした
たとえあなたの口からわたしはある
わたしはここにいるという言葉がなくとも
あなたが存在し
あなただけがすべての源なのです[11]と
凛然と宣言するものたち

それは計り知れない時を費やして企てた
人間の手による作為
人間本能の欲求を生物の進化過程に植樹した
これが深きものを創造した究極の真理

神はある
人間の有を遙かに超えて
非有[12]において存在する

神の言葉

神の意志表示は
人間の心と言語を借りて
涅槃の言葉[13]として惑う者に掲示されると宗教人はいう
こんなことが許されているのはなにゆえか
これこそ神への冒涜ではないのか

神を任ずるものが犯してきた致命的欠陥ではないのか
神よ
猶予の時間《とき》はない
焔は消えた
神の言葉でいますぐ風評を喝破せよ

万物の生き物には魂が内在していると
マクトゥーブ[14]はいう
万物の魂は人間の心奥に宿る魂と同じで
躍動する生命のなかに存在しているという
しかも彼らのやり方で万物と交信しているという
かれらが意志疎通している言葉[15]とは何か
第三者が相互に認知し合う情報交換のテレパシーは
どこにあるというのか
もしや言葉ではない言葉というのか
神よ
自然と対話する手立てを教えてほしい
有史以前にすべてが書かれているという

マクトゥーブのどこに書かれているのか
大いなる言葉[16]で教えてくれ
言語は人間が掌握する特権と
思い上がっている人間どもに

人間の言葉

人間の言葉は個人の意志と思いを
個体の臓腑から取出し自由に発することができると
誰もが疑ってはいない
人間の言葉は集団の共通理解と合意をとりもち
時には決別と戦闘にはしる恐怖さえ引き起こすと
誰もが知っている

人間の言葉には思惟がある
奥深きところで思考し言葉をつむんでいる
だれもが昼夜お構いなしに

万感の思いを
人知れず多様な思惟として創り放出している

万人の為す思惟には無意識のうちに
潜在意識の底で倫なる理が自動し
偏りを制しているという
見えない思いの言葉は
無意識の領海で規範を機動し統制している
この驚愕の仕組みが骨肉に内在している不思議
この事実に気づこうともしない心
すべての人間に与えられ構造化した仕組みを
己自身の意識は認知できない
この工作は聖なるものの仕業か
知るよしもない人間の時空
これはほんの一端かもしれない
未曾有の無知が深淵に横たわるかもしれない
人間はいつ暗黒の智の大陸に到達できるのか
いつになれば隠然なる智の発掘が可能となるのか

人間の言葉は万能ではない
天地のすべてのものが心で理解できるものではない
大いなる言葉とはすべてのものが心で理解できるものだという
いまだ人間の言語は表象の空間で行き交う身
四千年の歳月を費消して
意識の全容さえも言葉で言い表せない愚かさ
人間の言語は何処に向かってゆくのか

悲しい事実・不知

悲惨な真実の一端が見えてきた
悩みの葛藤の隘路から抜け出す
重苦の奔走を知らない神は裸の王様に陥っているはずだ
しかし　もっと悲惨な真実は
穢れた魂を新たなる種子に再生する大いなる作業を知らないことだ
自ら自らの深奥に潜む悔恨の解放と

新生の創造にたどりつく難作業に立ち向かわないことだ
この事実はもはや哀れといえるかもしれない
人間の嫉妬と羨望が渦まく坩堝に落ち込み
暗闇の地下から這い出る血まみれの作為を
超越の時空に座する神は知らない
神よ
おまえは人間の何を知っているのか

悲しい事実・はびこる業

もうひとつのおまえの意志は
おまえのなかで泣き叫びながら
自らを詰問している
我々は創世時の禁忌を忘我し
生の緊張を汚泥の底に沈めてしまったと
生きるための規範を犯し

永い月日をかけて
手にした成果は
この有限の世界に散華した
眩しいほどに豊潤した森なのか
無秩序の自由が闊歩し
夜の闇に脅えるものが手にする
氾濫する物質社会がそうなのか
そうではないはずだ
そうだ
そうではないと
おまえの大いなる声で
天地の隅々まで響かせろ
コロナ禍の誘因は人間の宿業がもたらしたものだと
人間にはびこる共業《ぐうごう》の応報
自業自得の罪と
やはりそうなのだと

悲しい事実・欲求

自然は神よりももっと悲しいのかもしれない
人間によってあらゆる天地を破壊され
略奪され
むしゃぶり尽くされた
自然を守る神も死んでしまった
それでも自然は絶叫の声をあげない[17]
創生期からの約束を寡黙に守り続けている

暴走する人間は欲求を極大化して突き進む
人間の独善が無感覚で正体不明の魂を震撼させて
極限の充足を欲求して発情している
物の怪と化したものは
究極の至福が地表に満ち溢れていることを
ちんけな心身が体感するまでは
自己欲求の手綱を緩めることはない

人間の欲求は人間の母体に充溢して表象を奔走する
深い地底から吠えてくる情念とヌーメン[18]は暗示している

人間よ　立ち止まり
先人の声を聞け[19]
意識する我と無意識の我の影と融和せよ
そして意識の内に灯る光と
無意識のなかに発芽する闇の
調和した統合を図れ
その鍵は自己実現[20]の可否にかかっている
成熟の暁には
葛藤がおさまり
あらゆるものが静止し
再度
識別不能なまでに調和した原初状態が現出する
それは
そもそも人間の内部に潜んでいる神[21]が覚醒し
甦ることだ

さあ人間どもよ
今こそ足許にあふれている至福感を感受して
欲求の限界を学び
幸福の原理を天空に語れ

悲しい事実・魂[22]よどこに

魂はどれほどのものか
「知性の花」と言われ[23]
「無知の知」とも言われ[24]
時には広大無辺とも言われている[25]
五感をも支配下にして心身を操作するものは不明の底

視覚は万物をあるがままの姿で
全容を細やかに再現すると幻覚している意識
わたしでありながらわたしではない視点など

どこにもない
知性は思考し
未知の事象さえも思い描くことができると思い込んでいる意識
すべては既知と思い上がる意識が認識できるのは
せいぜい手のひらほどの距離で生起するもの
個体から抜け出し
自由に飛びまわることなど出来るはずがない
この知性に予知など不可能の領域
心は多様な思惟を束ね最適解を導き出すと誤認している意識
自己と他者の二者の思惟さえも
擦れ違う思惟の絡繰りに手を焼く心に何が期待できる
これらの原因は魂が内在し誤動作している証左と自己欺瞞する意識よ
真実は何か
時代を超えて彼のものはいう[26]
　我存在する
　ゆえに我考える
　我考える
　ゆえに我存在する

これだけは真実だと

魂[27]とは何か
未だ魂と会話した覚えのないこの心は一体何なのか
わたしの心身には魂が宿らないのか
それとも
ひ弱な魂は
この身体のどこかに沈んで目覚めないのか
魂のなかに身体があると嘯くものがいるが
わたしの魂と身体はどうしているのか

魂[28]とは一体何だろうか
わたしを取り囲んでいるはずのわたしの魂は
どこにいるのだろうか
わたしの思惟を支配し意志を超えているわたしの魂は[29]
何を考えているのだろうか

魂よ

貧弱なわたしが欣求する
理想のトポスとは
わたしが終生を賭して探究する
絶対真理とは何か
今こそ目覚めて
そのすべてを言い尽くしてみろ
魂が何たるかを暴露してみろ

最も必然的な魂でありながら
喜びいさんで偶然の中へ飛び込む魂
変転の流れに身をひたす恒常の魂
しかも意欲と願望を求める魂
自分自身から逃げ出しておきながら自分自身に追いつく魂
最も賢明な魂でありながら痴愚な言葉を最も甘美に口説く魂
自分自身を最大に愛しながら万物の奔流と逆流を
そして引き潮と上げ潮を内にもつような魂[30]

わたしはわたしの魂の叫び声を聴いた覚えはない

わたしの魂の叫びは何処から湧き出てくるというのか
孤高な魂よ
おまえに触れてみたい
そしてこの熱き胸に抱きしめたい
しかし
動きを忘れた手は躊躇し
未知の想念に疎い思惟は放心している
どれもできやしないとわたしの個体は冷やかに反応している

わたしの思考は眼には写らない
頭のなかで貧弱な文字になる
わたしの思考には色がない
文字は生きてきた生涯をわずかに彩る
わたしの思考には形や実像がない
文字には伝えたい思いをのせた
僅かな言霊が潜んでいるだけ

わたしの思いは

わたしの思考は
わたしの言霊は
わたしの魂の仕業なのか
それとも魂とは無縁のものなのか
知るよしもないと頑固な意志は言い放つ

文字のなかの重いしばりは
思いの薄弱とともに解き放たれ
文字の衝動は失せて
文字が死んでゆく
文字が死に
いつの間にか言霊もどこかにこぼれている
言霊は魂か
魂の化身か
いや言霊は魂のひとときの
そして変身の欠片

魂はもっと崇高であるはずだ

もっと永遠の彼方の
しかし
わたしの
この心のなかに存在する[31]

宿命の記述

ひとり一人の
日月の物語は
想像もつかない原初で編まれたマクトゥーブのなかに
既に記述されていたとしたら
しかも同じものの手によって予言されている道を
そのとおりの生き方を運命として受け入れ
人間の誰もがたどっているとしたら
それでもあなたは深き聖なるものの存在を信じますか
それとも　たかが百年のいのち生命で燃焼する人間を信じますか
嘘つきで嫉妬深く

欲望を剥き出したままひた走る人間
利己主義に浸かる性《さが》を隠蔽する人間を信じられますか
人間を人間がいとも簡単に裏切る人間を信じられますか

そもそも神を任ずるものとか
神《ヌーメン》の意志という語彙は狡猾な人間が
圧倒的大衆を扇動するための用具
底深い泥沼に落ち込んだ人間を偽る造語
味方に引きずり込むための人間の思惑
策動する人間の醜態の幾多
それでも人間を信じますか
二足歩行の見苦しい同胞を信じますか

愛の伝説へ

人間が確かな歩調で共有し
生の興奮を体感する言葉を知っていますか
それは人間だけが高らかに謳う啓示の言葉かもしれない
その言葉を知っていますか
これこそ人間の神秘体験かも知れない

それは人間の全身を覚醒させ魂を掘り起こす〝愛[32]〟という言葉
これこそ人間にとって〝大いなる言葉〟であり
これを実感できるのは人間の特権
人間だけに与えられたもの
決して神などにできるはずもない

エロス[33]と呼ばれる愛は
焼きつくす愛
二つの異物が熱い思いを確かめあう愛

愛には無限の魔力が秘められている
ふたつの霊が異なる空間で共鳴し
永遠に繋がる瞬間で共振を体現し
陽のあたらぬ場所に隠れている魂を
自ら白日にさらして躍動させる霊の婚姻[34]
愛の力は無際限

フィロス[35]という愛
エロスの愛が燃えつきても二人を繋ぎ結ぶ愛
それは友愛と言えるかも知れない
この愛は真摯なる叱咤と激励を繰り返して
高い心身に昇華させてゆく

アガペー[36]は純粋なる愛
母の愛
寵児への究極の愛
自らが犠牲になろうとも一方的に情愛を捧げ続けるもの
絶大なる愛

あなたはどの愛を体感したのでしょうか
いずれの愛も魂の成長をもたらし
自己確立へと連なる循環の道が見えてくるはず
これこそ意《こころ》あるものの源泉の動力であり
自己伝説へのプラットホームとなるはず

愛の力
ミクロコスモスの体内で
ゴングを打ち鳴らし
音響がゆき渡り
すべての心身を覚醒させる

大いなる魂

大いなる魂から発する言葉は
すべてのものが意思を通じ合う言語であり

人間の感性を遙かにこえた次元で流通する
珠玉の言葉は大いなる作業[37]を克服したものへの恵与と
聖なる智慧はいう

大いなる魂のもとには
大いなる作業を終えたものばかりか
巡礼の道半ばで
挫折したもの
万人の魂が還ってくる

急勾配の坂道で
海鳴りのする砂浜で
緑陰の森の奥で
田園の路傍で
息絶えたものたちの魂が
乾いた草木となり
流砂の粒となり
湿った土となり

路傍の草となりて
大いなる魂に還るという

大いなる魂に触れるには
人というものの過去が為した
すべての偏りから脱皮するための試練に
立ち向かう勇気と実践力が求められる
この試練は心身を新たなる種子に再生する課業であり
万人が希求し
生涯の目標に統合されてゆく
これを死の準備[38]というものあり

おまえの生は試されている
今、ここでおまえの新たな大いなる魂の種子を発芽するためには
おまえ自身が内なるおまえを打ち負かさなければならない
そのヒントはおまえの足許にある
大いなる魂につながる通路は
おまえ自身の足許にあると気づけ

そこから大いなる魂に繫がる道が続いている

おまえの足許

ここにある自然は天国の写しにすぎないと言うものあり
そうではない
天国は悠然と見えない時空に臨在していると信じるものもいる
いずれがまやかしなのか

我の人生は独白する
人間の知性は思惟のなかの
虚空の世界とは断じて異なる
目に見えるものを通して見える世界
そこに存在する自然と人間と
すべての生き物を精察するがいい
それらの空間で生の営みを図ることこそ
人間の至福につらなる道

躊躇することがあれば
おまえの心に耳を傾けるのだ
おまえの心はすべてを知っている
それは死の準備に向かう魂が発して
生意《いきざま》こそが真実と証言するだろう

すべての人間は生意がめぐらす空間で
自問し反問し空極の目標原理である真理を探求している
これこそが一個の生の命題
人間の生だけに許された自己伝説を開く道
大いなる成就への道

人間の素行

人間の皮を纏うものよ
嘲笑と

哀れみと
時には蔑みの振る舞いに晒されても
それでも人間を信ずるもの

人間を装うものは
愛して
愛して
愛して
それでも人間を愛するもの

人間を目途するものは
失敗して
失敗して
失敗して
それでも挑み続けるもの

人間を求愛するものは
悲しいことには涙を流し

（時がもたらす哀しみではない）
嬉しい事実に喜び
（時の移り変わりがもたらすものではない）
他の成功に嫉妬し
（もはや時の惜別とはまったくの別離）
暗い光を嫌悪し
陽の光に全身を浸して
同胞との連帯という甘美の習性に閉じこもる

人間として立てないものは
それでも何かを問い続けている
そして懸命に生きている
病苦の時も堕落を嫌悪して生を紡いでいる
目の前に死が迫りきても死の肌を知らないものは人間
それでも懸命に生きてゆく仮装の人間

人間と称するものすべてに献杯
辺地の口承

すべてのもの人に届け

1　幼い少女が母親に尋ねた。神さまが何もかも見ているというのは本当なの　『喜ばしき智恵』F・ニーチェ　村井則夫訳　十六頁

2　岸本英夫は『宗教学』大明堂　一三頁で作業仮設的性格と指摘しているが、ここでは松本滋『宗教心理学』から仮設場所とした。その意味は、宗教とはかくあるべしという絶対不変の断定ではなく、研究を進めてゆくために必要な一応の約束である。それは研究の深化に伴って改めてゆくこともある　東京大学出版会　三〇頁

3　この人は～略～彼の内には苦しみも時の流れもなく変わることのない一つの永遠だけがある『エックハルト説教集』田島照久編訳岩波書店　二九頁

4　老年期の智慧とは、エリクソンによれば（肉体的精神的機能の衰えにもかかわず、経験の統合性を保ち、かつ伝えるものであり、次の世代のものに対し統合された精神的遺産を残す力をもっている。さらに死に直面しながら、冷静に、しかし積極的に、生に関わり合う態度）という。『宗教心理学』松本滋　東京大学出版会一五四～一五五頁　エックハルトは『エックハルト説教集』で神とは、ただみずからだけの認識において生きる一つの知性であると述べている　前掲2　五三頁

5　アルファヨムのオアシスを理想郷パラダイスとした。『Tthe Alchemist』paulo Coelho　harper collins publisber 日本訳『アルケミスト』パウロ・コエーリョ　角川文庫　および『The pilgrimage』paulo Coelho harper collins publisber 日本訳『星の巡礼』パウロ・コエーリョ　角川文庫

6　被造物とは、神はすべての被造物の内にある　前掲2　五三頁

7　『生命の泉または生命の源』の『御身はおられる』ソロモン・イブン・ガピロールはスペイン生れのユダヤ人詩人。『聖なるもの』ルドルフ・オットー　訳久松英二　岩波書店　七四頁引用加筆修正

8　聖なるもの（dasheiligo）㈠合理的なものとは無縁、語り得ぬもの、概念的把握をまったく余せつけない、無条件に倫理的な意味で完璧に善いという特性を表す用語　⑵カントはためらうことなく道徳律に従おうとする義務感の発する意志を聖なる意志と呼んでいる　十八〜十九頁　⑶聖なるものから合理的要因をすべて差し引いたものを言い表す呼び方でヌミノーゼという　二十頁〜二十一頁　⑷神を語るには神秘、戦慄、威厳、高貴および活力のすべての要因を包含する概念が求められる。これをヌミノーゼという　⑸さらにゲーテはこの巨大なもの、崇高という域を超えている我々の思考力も及ばないと続けた　九十六頁および『ヴィルヘルム・マイスターの遍歴時代』上巻　山崎章甫訳岩波文庫二百一頁

ヌミノーゼはラテン語の不吉なを意味し、ドイツ語の前兆を指し、さらにラテン語の神秘的をも指している

9　力動性とは信仰の力動性をいう。詳細は下記を参照　『信仰の本質と動態』谷口美智雄訳　新教出版社

10　『宗教生活の原初形態』上巻　エミル・デュルケム　古野清人訳　七頁　岩波書店

11　Johames eckhaet ドイツの神学者　ドミニコ会神秘主義者　四九頁　および Tersteegen Gerheard ドイツの神秘主義思想家　賛美歌作者　四九頁『聖なるもの』Rudolf Otto 久松英二訳岩波書店

12　前掲ii　非有とは、有をはるかに高く越えているもの。神は非有において働く　五十五頁

13　すべての人の過去と現在にかかわる言葉 前掲2

14　Maktub とは In your language it would be some thing like, It is written, すべてのことが書かれている。大いなる魂について書かれている。前掲5　七〇頁他

15　表意文字的表現　前掲2　四二頁

16　The soul of the world すべてのものが心で理解できるもの。前掲2

17　ニーチェは『悦ばしい知』狂乱の男章で、大地を太陽から切り離して、俺達は何をしでかしてしまったことか。大地は今やどこにむかっているのだろうか。・・以下略・・たえず夜が忍び寄ってきているのではあるまいか。・・以下略・・神を埋葬する墓堀人たちの騒ぎが何か聞こえないか。神の腐敗が何か鼻に感じられないか。神々も腐ってゆく。神は死んだのだ。神は死んだままなのだ。俺たちが神を殺したのだ。　六六頁

18　『聖なるもの』オットー著　久松英二訳　岩波文庫　NUMEN、神の意志　二二頁他

19　『宗教の心理学』松本滋　東京大学出版会　一六一頁

20　人間は成長過程で自分の心の内に潜む様々な対立性（意識と無意識、男性原理と女性原理、光と闇）、両極性と出会う。究極的目標に向かって努力すれば、本来、無意識的な自己が自覚され、いわゆる自己実現が展開してくる　『宗教心理学』松本滋一六〇～一六一頁

21　ユングは『人間の内部に潜んでいる神』という『人間心理と宗教』ユング　ユング著作集一一六、一二二、一九一頁

22　魂の詳細については拙著『自問　生意の探究』第一三章『飛散する魂とこころの存在』現代図書に詳細記述済、要参照

23　『エックハルト説教集』田島照久編訳　岩波書店　五八～五九頁　さらに、ヘラクレイトスは、博識とは所詮まやかしにすぎない。どれほど理路整然としていても虚偽でしかない。そこに見えてくるのは、人間の倨傲だけだという。『魂の思想史』酒井健　筑摩選書　六二頁

24　無知の知とは、よく知っていると思っていても、根本のところはわかっていない。人知の不確かさ、人間の知る力の限界を諭す意。『ソクラテスの弁明』

25　『魂の思想史』酒井健　筑摩選書　十一頁

26　ニーチェの『聖なる一月』二百七十六番から引用

27　魂とは、①古代ギリシャでは生命のもとになる、もやもやして形のないもの。②紀元前五七〇年頃、ピュタゴラス教団が、霊魂の不滅、輪廻転生、霊魂の解脱を唱えた。以下略『魂の思想史』五六頁

28　ヘラクレイトスは魂について、魂の際限を、君は歩いて行って発見することはできないだろう。どんな道を進んで行ったにしてもだ。魂はそんなにも深いロゴスを内包している。ロゴスとは、言葉、論理、理性をいい、万物が見せる様々な対立と緊張、生滅流転の変化を意味する。さらに、変化とは、人間の理性では予測できない気ままな変化をいう。ヘラクレトスは、宇宙のロゴスが魂の中にあって、魂を動かしている。ゆえに人間には、魂の際限が見いだせない、あるのかどうかも分からない、とした。『魂の思想史』六〇〜六一頁

29　プラトンは『ティマイオス』で、感覚で知覚することのできるこの万物の世界（可感界）のうえに理性でのみ知りえるイデアの世界（可知界）、いわゆる二元論を設定した。二元論には、魂と身体の二元論、神と自然の二元論があるがここでは省略

30　ニーチェ『ツァラトゥストラはこう言った（下）』氷上英廣訳　第三部古い石板と新しい石板岩波文庫　十九（二五頁）より引用加筆修正

31　拙著『土に還る』『魂の形』一二二頁から引用加筆修正

32　愛にはエロス、フィロス、アガペーの三種類がある。前掲2から引用

33　エロスは二人の人間に存在する愛。前掲2から引用

34　聖テレサは、両者の愛（神が花婿、もう一方の人間が花嫁）が深化してゆく過程、その完結の境地を霊の婚姻とした『宗教心理学』一七三頁引用加筆　さらにヴィクターのリチャードは、完結つまり融合までの過程を険しき愛の段階として四つの段階があるとした　一七四ページ参照

35　フィロスはエロスの愛の炎が燃えつきた時、二人を結びつなぐ、友情の形の愛。前掲2から引用

36　アガペーは神の愛、新約聖書（コリントへの手紙）に、キリスト教の精神的愛、人間に対して一方的に恩寵を与える行為で、神の自己犠牲的な愛。隣人愛。同胞愛など。前掲2から引用

37　宇宙に一つしかない本当の言葉を見つけること　前掲2

38　自己実現を達成したものは、死に対するいわれのない恐怖に悩まされることがない。エリクソンの言う智慧がその人を生き生きさせる。そもそも人生は究極の目標たる死への準備にはかならない。死は人生全体の目標なのだ。その人生の上昇も、その頂点さえも、目標に、つまり死に到達しようとする目的の段階であり、手段であるに過ぎない。『宗教心理学』一六〇頁

あとがき

本著『あわのみち』は、密かに死の準備のための実験的思考詩を編んでいる。遍路の存在空間を舞台にして、生の清算の仕方を深奥に探る思いを込めた旅である。この重き思いに迷い漂いながら、未知の空間を歩む心身を縛る難問は、私という魂が訴求して止まない絶対真理との折り合いである。

このままの状態の意志とその意志を操る魂の際限を歩いて何処まで行けども、絶対の真理を体得することはできないと冷めた理性は呟いている。どんな道を進んで行ったとしても、それは不可能の領域だと見限る。なぜならば、真理はそんなにも深いロゴスを内包しているからだと警告するものがいる。

しかも私は私の魂をしかと認識したことはない。己の魂さえろくに認知できないものに、どうして真理を探究できようか。その原因の一つは、私の知識の浅さを深く疑い、私の言葉や博識はまやかしかもしれないと私の隠した真意をえぐり出す。さらに、この状況で見えてくるのは、おまえという人間の倨傲な姿勢だと言い放つ。やはりそうか。そうかも知れない。確かに私は浅学だ。何も知らないことが漸く分ってきた。しかし私にはもう時間がない。私に残された時間は少ない。ここにも私の限界が見えている。

この世に存在するものは万物流転。万物はつねに流れて、同じ事態を追体験することはできない。人間の感覚で知覚できるのは理性であり、この万物の世界の外に理性でのみ知り得るイデアの世界（可知界）があるはずだ。

そして、そのなかにこそ絶対の真理が存在し、その領域で絶対の真理を探究する醍醐味を体験することが出来るはずだ。しかしそこでも絶対の真理を感受できるものは魂だけだと。ロゴスを越えてゆく魂だけだと掲示するものがいる。

一国詣を打ち終えて、心身に宿るものは、今も不変なる普遍的調和を謡う辺土が存在していると再認識した驚愕の事実。四国の大地には、数千年の彼方から、死と再生の循環サイクルが脈々と継承され、今も見事に存在している。そこでは自然を自然たらしめ、悠久なる調和を開花している事実に感銘した。

この感慨を与えてくれた大自然の営みに、この大自然を承継している里山の人々に心から感謝したい。そして後生の人間のために、永劫なる大自然でありますように臥して祈念するものです。

今回、四国遍路を歩いて廻る機会を頂いたのは、徳島大学・人と地域共創センター主催の『歩き遍路』に五期生として参加したことにある。同センターでは、四年をかけて八十八か所（凡そ千四百㎞）を歩き遍路として結願する計画で進めている。歩き遍路のリーダーは同センター長の田中俊夫教授で、教授自からが引率する実践学である。サブリーダーとして、体操インストラクターの吉田みつる氏が参加して、実践補佐を担っている。多忙な時間のなかで歩くことの貴重な体験を実践して、人間本来の、人間の本能としての歩くことの原郷に還してくれる時間を提供して頂いた。この貴重な体験を為し得たのは田中教授と吉田氏の行き届いたご配慮によるものであり、心より感謝申し上げたい。
今回も表紙の絵は長女・美《あい》の作品を選んだ。深く感謝したい。
末筆ながら思潮社の小田康之氏には多大なご尽力を頂いたことに深謝いたします。

中地 中（なかち・あたる）

一九四八年　徳島県生まれ

一九七四年　大阪経済大学卒業。トステム㈱、㈶日本生産性本部経営コンサルタント、㈱ＮＥＣ（日本電気）総研主任研究員、ピップ㈱取締役専務執行役員を経て、松蔭大学観光文化学部教授および大和大学政経学部教授として教鞭を執り、現在に至る。

一九九五年　多摩大学院経営情報学専攻修士課程修了。経営情報学修士。

二〇〇一年　高千穂商科大学院経営学研究科博士後期課程修了。博士（経営学）。

主な著書（文学系単著）

二〇〇七年　『土に還る』産経新聞出版

二〇一一年　『自問　生意の探求』現代図書

二〇一四年　『死と愛――死の原郷と母の慈愛』土曜美術社出版販売

二〇一七年　『闇の現』砂子屋書房

二〇一九年　『孤高のニライ・カナイ』土曜美術社出版販売

論文

二〇一四年　『旅の魅力意識と今日的意義に関する一考察』松蔭大学研究紀要

二〇一八年　『詩の消滅危機の問題認識と提言に関する一考察』大和大学研究紀要

現住所　〒二七〇―二二一三　千葉県松戸市五香二―二五―二四

所属団体・文学系

日本ペンクラブ、日本現代詩人会、日本詩人クラブ、千葉県詩人クラブ、関西詩人協会、徳島現代詩協会、日本生命倫理学会、日本臨床死生学会、日本認知科学会、日本心理学会、日本民族学会 他

詩誌「玄」「花」「焰」

四国遍路《しこくへんろ》　あわのみち

著者
中地《なかち》中《あたる》

発行者
小田啓之

発行所
株式会社 思潮社
〒一六二-〇八四二　東京都新宿区市谷砂土原町三-十五
電話〇三（五八〇五）七五〇一（営業）
〇三（三二六七）八一四一（編集）

印刷・製本
創栄図書印刷株式会社

発行日
二〇二四年十一月三十日